二見サラ文庫

祇園ろおじ 香り茶寮の推理帖

風島ゆう

C O N T E N T S

| Illustration |

中村至宏

プロローグ　a cup of tea

その瞬間、きらきらと目の前に光がはじけた気がした。

舌に触るのは刺すような渋味と青味。

泥水のように濃い緑茶はもはや刺激物と化していて、淹《い》れた本人は目の前で咽《む》せている。

なかなか消えない渋味に閉口しながら、だけど静香はそれを不味《まず》いとは思えなかった。

「……酷《ひど》い味だ」

一言、呟《つぶや》いたら涙がこぼれた。

酷い味だ。酷い匂いだ。

だけど幾重にも重なる渋味とえぐみの層の中に、泣きたくなるほど優しい味を見つけた。

これは、心を込めて淹れられた一杯だ。

自分のために、自分を思って、作られた一杯だ。

気がつくとぼろぼろ涙を流していて、泣かせてしまったと思ったらしい兄が両腕で体を抱き寄せてくれた。

酷い味だ。酷い匂いだ。

だけど何よりも心を満たす、極上の一杯だった。

一章　桜香るシングルオリジン

けたたましく鼓膜を叩《たた》く音。びりびりと迫る緊張感。

向かって来るのは大型のバイクだ。細い裏路地を爆速で突っ込んでくる。

頭の中が真っ白になって、瞬《まばた》きするのも忘れて、羊歯萌《しだもえ》は一瞬、生きることを諦めた。


早咲きの桜が咲き誇る、京都祇園《ぎおん》。

暖かな日差しを避けるように、大通りを奥へ奥へと逸《そ》れていったのは、沈んでいく心を持て余していたからだ。

家にたどり着いてしまったら今日の日は何もかも終わり。

そんな気がするから、帰るに帰れず通学路をぐずぐずとさまよった。

後ろ髪を引かれる、というやつだ。引かれすぎて鎖でつながれたように、その辺りから離れることができない。まるで地縛霊のようだ。

鬱々とする気持ちのまま、俯《うつむ》き加減で人気のない細道を選んで歩く。それが全部裏目に出た。

迫り来るバイクの上から怒鳴り声が聞こえる。

ぶつけられる怒気に心臓が縮み上がって、衝撃より先に恐怖で死ぬと思った。

体が竦《すく》む。心が凍る。死を覚悟した――その時。

物凄《ものすご》い力で誰かが萌の腕を引いた。

「わっ」

動かなかった足がもつれて、転ぶ。

石畳にしたたか体を打ち付けたところで、爆音と怒声が嵐のように通り過ぎていった。

どうやら建物と建物の間にある路地の中へと引っ張り込まれて、助かったらしい。

地面に這いつくばったまま恐怖に呼吸を引きつらせていると、すぐそばで誰かの動く気配がした。

立ち上がったのは十六、十七歳の同じ年頃の男の子だ。

萌に巻き込まれて転んだのか、土埃《つちぼこり》のついた服を手で払っている。

何者だろう。いや、何者かは分かる。自分を助けてくれた人だ。

「あ、あの」

お礼を言わなくては、と慌てて半身を起こす。

少年がこちらを見下ろした。目が合って、萌は思わず息をのんだ。

深い夜の森を覗《のぞ》くような真っ黒な猫目。同じ色の猫っ毛。左目の下には控えめな泣きぼくろが見える。女の子のように線の細い輪郭はまだ頬に幼さを残しているせいだろう。体が薄いのか、ブルーグレーのフード付きパーカーが少しだぶついて見えた。

男の人を美人と表現するのは変かもしれないが、雰囲気のある少年だ。

ふと少年の瞳がわずかに動く。

反射的に視線の先を追って、萌は自分が膝を擦《す》りむいていることに気がついた。

転んだ拍子に怪我をしたらしい。制服のスカートからのぞく膝小僧に血が滲《にじ》んでいる。

痛い。痛い。傷も痛いし心も痛い。

何一つうまくいかなくて、悪いことばかりが嵩んでいって、もう散々だ。

「……ひっ」

喉奥から勝手に嗚咽《おえつ》が漏れて同時に涙がこぼれ落ちる。

唐突に泣き出した萌にうろたえた様子で、少年がおろおろと辺りを見回した。

泣くな。泣くな。泣いたら相手を困らせる。

必死に目元を拭うものの、一度決壊してしまった涙は後から後からあふれてちっとも止まらない。

困ったように思案していた少年が、ふいに萌の学生鞄を拾い上げた。

「え……」

そのまま路地奥に向かう少年に面食らっていると、少し行った所でこちらを振り返る。

じっと見つめる眼差しが、ついて来て、と言っているようだった。

痛む足を叱咤《しった》してふらふらと立ち上がる。

もう一度涙を拭うと、萌は少年の後を追いかけた。

舞妓《まいこ》さんや芸妓《げいぎ》さんで有名な祇園は、木造のお茶屋さんや京町家が並ぶ風情ある場所だ。花街として発展した歴史をもち、今でも繁華街、歓楽街として賑《にぎ》わいを見せている。

それなのにこの路地には表通りの喧騒《けんそう》が伝わってこない。

穏やかな静けさに満ちた空間だった。

人一人がようやくすれ違えるほどの細い道幅。両脇に連なる木造二階建ての長屋。壁沿いのクロスバイクも、手押しポンプのついた井戸の名残も、日に焼けた赤い壁掛けポストも、一昔前の風景のようで、違う時間軸に迷い込んでしまったようだ。

少年がまっすぐに向かったのは短い路地の突き当たりに建つ一軒の京町家だった。

一階と二階が同程度の高さを持っている、確か本二階と呼ばれる建て方の古民家だ。

大胆に改装した家屋は一階部分を店舗にしているようで、大きなガラス張りのサッシの向こうには喫茶店らしき室内が見えた。

縦格子の引き戸の上には真っ白なのれん。黒の横書きで《KAORI茶寮》の文字が染め抜かれている。

裏通りの更に奥。住人くらいしか使わなそうな路地の行き止まりに、こんなお店があるなんて。

しげしげと建物を見上げていると、少年が引き戸を開けて中に入って行ってしまった。

「う、嘘《うそ》……」

置き去りにされて、戸惑う。

人見知りで引っ込み思案の萌にとって、お店の人に事情を説明して中に入れてもらうのは至難の技だ。

追って入るには勇気がいった。しかし、鞄《かばん》はすでに店の中だ。

どうしよう、どうしよう、と困っていると、開け放たれた入り口に人影が現れた。

「いらっしゃいませ」

優しげな笑みを浮かべるのは和服姿の青年だ。

二十代後半くらいに見える彼はこの店の店員なのだろう。紺地の着流しに藤色の帯。和服を上品に着こなした青年の爽やかな笑みに気後れして、萌は一歩後退った。

「あれ、怪我してますね」

萌の膝に視線を落とした青年が整った眉を僅《わず》かに開いた。ややあって、何事か合点した様子で一人頷《うなず》く。

「どうりで。見慣れない鞄を持ち込んだな、と思っていたところです」

あなたの鞄でしたか、と青年が晴れやかに微笑んだ。

「まずは傷を手当てしましょう。奥に静香《しずか》が座っていますから、その席で待っていてください」

「し、しずか……さん」

そんな名前の女性は知らない。誰かと勘違いしているのでは……。

不安になって、でもそれを説明できずに、萌は体を強張《こわば》らせた。

おや、と首を傾《かし》げて青年が店の奥に向かって呼びかける。

「もしかして、何も言わずに鞄だけ持って来ちゃったの？」

恐る恐る店内を覗くと、フロアの最奥《さいおう》、キッチンに近いソファ席に先ほどの少年が座っていた。

膝の上に開いた文庫から目を離してちらりとこちらを見たものの、すぐまた手元に視線を戻す。

その手前、ソファテーブルの上に見覚えのある学生鞄を見つけて、萌は小さく声を上げた。

「私の鞄」

やっぱり、と笑って青年が萌に説明する。

「あれは僕の歳《とし》の離れた弟で、静香といいます。春流《はる》静香。言葉数が少ないので分かりづらかったと思いますが、きっとあなたを心配して、僕に手当てさせようと連れて来たんですよ」

弟と聞いて萌は再度青年の顔を見上げた。

百五十センチ後半の萌より少し高いくらいだった静香に比べて、青年の方は二十センチほど高い。常に柔和な笑みを浮かべているので静香とはだいぶ印象が違って見えたが、なるほど確かに二人はよく似ている。

目鼻立ち、猫っ毛な髪質、左目の下の泣きぼくろまでそっくりだ。

「さあ、どうぞ」

再度促されて、萌はそっと店内に足を踏み入れた。萌の動きを確認した青年が、店の奥へと戻っていく。

漆喰《しっくい》の白い壁。古木の柱。モルタルの床。

シックな店内には三組のテーブルセットと二組のソファ席、それに小さなカウンターが用意されていた。

はめごろしの窓に面したカウンターには、マスクをした女性客が一人座っている。お茶をするには早い時間だからか、客らしい客は彼女くらいだ。

入り口の商品棚には、お茶を詰めてあるらしいパッケージがお行儀よく並んでいる。

《走り》、《春ひかり》、《花むすび》……。

商品名が印字されたパッケージの下には、商品説明の札が置いてあって、萌は何気なくそれを覗き込んだ。

品種名おくゆたか、うじひかり、やぶきた、香駿《こうしゅん》、印雑《いんざつ》……。日本語っぽい名前だが、聞き馴染《なじ》みのない言葉ばかりだ。それでも何となく日本茶を指す商品名であることは分かって、もしかしてこの店は日本茶専門のカフェなのかもしれない、と思う。

オープンキッチンの横には縦長のニッチ。壁の一角を彫り込んだ飾り棚のことで、極彩色の染め布が飾ってある。前衛美術というやつだろうか。デフォルメされていてよく分からないが、綺麗《きれい》な発色だ。

目の前にたどり着いても、静香は顔を上げなかった。

拒否するような気配はないので、無視をされているのとは違うようだ。きっとこれが彼の自然体なのだろう。

緊張して、だけどあれこれ構われないことに安心もして、萌はそっと向かいの席に腰掛けた。

BGMのない無音の室内。

どこかで嗅いだことのある、ほのかに甘い香り。

静かで穏やかな空間に、張り詰めていた神経が少しだけなだめられるような気がした。

しばらくすると薬箱を手にした青年が階段を軽快に降りて来た。

「お待たせしてすみません。寝室にあると思った薬箱がなかなか見つからなくて」

寝室、ということは、二階は彼らの住居なのだろう。

住居部へと続く階段だとすればずいぶん目立つ場所に設置されている気もするが、もともとそういう構造だったのかもしれない。

薬箱を床に下ろすと、青年が萌の足元に跪《ひざまず》いた。

「はい。じゃあ足を出してください」

「あっ、じ」

自分で、と言いかけたところで傷口に消毒液をかけられる。

痛みに悲鳴を上げかけて萌は懸命に声を殺した。

丁寧に手当てを進めながら、それにしても、と青年が怪訝《けげん》そうに眉をひそめる。

「酷《ひど》い擦《す》り傷ですけど、どこで転んだんですか？」

「……そ、そこの路地の前で……バイクに轢《ひ》かれそうになったところを、静香さんに助けてもらいました」

「え」

萌の言葉に青年が目を見開いた。

「路地門を出たの？」

不自然なほど前のめりになって、青年が静香に問いかける。そこでようやく、静香が顔を上げた。

「手を伸ばしたら、届く距離にいただけ」

初めて聞いた静香の声は、軒先から落ちる雨垂れのようにひっそりとしたものだった。耳よりも、心に落ちていくような声だ。

「――そう」

拍子抜けしたように青年の肩が脱力する。視界の端で、静香の眉尻が申し訳なさそうに下がるのが見えた。

何だろう。何かよくないことが起きている気がする。

少なくとも青年はがっかりしていて、そのきっかけは自分が轢かれかけたことにあるようだ。

「あの」

もしかして自分のせいで何かまずいことが起こっているのではないだろうか。不安になって、萌は青年に声をかけた。

「ああ、すみません。路地門というのはほら、向こうに見える門のことです」

青年が示したのはサッシの向こうに見える路地の入り口だ。

入った時には気づかなかったが、そこに申し訳程度の浅い瓦屋根の乗った簡素な門が立っている。戸は朽《く》ちて外れたのか、見当たらない。

「正確には長屋木戸《ながやきど》といって、江戸時代、区画を分けて治安維持を図った際に建てられたものだそうです。当時は木戸もあり、その前に木戸番と呼ばれる番人を置いて不審者が入り込まないようにしていたようですね。路地門という呼び方は、うちが茶寮を始めてからここの住人たちが使うようになった愛称のようなものです。京都では路地は『ろおじ』と読みますが、あの門は茶屋に続く露地門になぞらえたようで、路地門《ろじもん》と呼ばれています」

聞きたかったこととは微妙に違う方向へと話が流れていって、萌は口をつぐんだ。

こういうボタンのかけ違いはよくあることだ。

足りなかった言葉の意味を相手が脳内で補完しようとする時に起こる、バグ。

だけど正確に真意を伝えるのは難しいし、わざわざ訂正するほどのことでもないので、萌はそのまま黙っていた。

「でも、そうか……門の向こうに手を伸ばしたのか」

ぽつりと青年が何か言う。

気になったが、それ以上踏み込んで尋ねることも憚《はばか》られて、萌は消化不良のまま青年の手当てを眺めていた。

「はい、できました」

最後に傷パッドで傷口を覆うと青年が萌に笑顔を向ける。

待ち構えていた萌は、今度こそタイミングを逃さずに頭を下げた。

「あ、ありがとうございます」

そして静香に向けて、再度頭を下げる。

「あの、さっきはありがとうございました」

ことによっては命の恩人だ。

いつ言おう、いつ言おうと思っていた謝意を伝えられて、萌はほっと胸を撫《な》でおろした。

「それでは、これで」

客でもないのに長居は迷惑だろう。学生鞄を摑《つか》むと、萌はいそいそと席を立った。

「あ、ちょっと待ってください」

青年が薬箱を手に立ち上がる。

「お急ぎでなかったら、一服いかがですか」

「え？」

「ちょうど今、入荷したばかりのお茶を試飲しようと思っていたところなんです。京番茶。

よかったら一口味見して感想をいただけませんか」

「きょ、京番茶……?」

やや強引にも思える誘いに萌は戸惑った。想定していなかった事態に心が怯《ひる》む。

「あれ? 知りませんか。京都では定番のお茶だと思いましたが」

「え……えっと、私、一年前に東京からこっちに越してきたばかりで……。京都のことは、まだあまりよく知らないんです」

「なるほど、そうでしたか。でも、それならなおさら感想をいただきたいですね。この辺りは地方から観光に来るお客さんも多いですし」

「迷惑ならちゃんと断った方がいいよ」

返事に窮している萌を見かねたのか、向かいの席から静香が言った。

「言い出すとしつこいから、豊薫《ゆたか》は」

豊薫、というのは彼の兄を指した名前だろう。萌は反射で首を振った。

「迷惑なんてそんな」

とんでもない、と続けた萌に豊薫が笑みを深める。

「では、準備しますので少しお待ちください」

「あ……っ」

くるりと踵《きびす》を返して豊薫がキッチンに向かって行く。

気持ちが展開に追いついていかない。

茫然《ぼうぜん》としていると、ほらね、と静香が呆《あき》れたように肩を竦めた。

「座れば」

今更固辞する理由もなくて、萌は勧められるままソファに座り直した。

自分を落ち着かせようと深呼吸する。呼吸一つ分の間に、茶寮には静けさが戻っていた。

とぽとぽと水の落ちる音がする。

カチッとコンロの回る音がする。

オープンキッチンの向こう側で、豊薫がお茶の準備をしているのだ。

その物音に耳を澄ませながら、萌はなんだか不思議な気持ちになった。

あんなに塞ぎ込んで、出口のない迷路に閉じ込められたような気分になりながら祇園の裏道をさまよっていたのに。

路地門をくぐって、知らないお店で、今はお茶が出てくるのを待っている。

この店にたどり着いたように、自分を押し潰そうとする後悔にも何か別の道があったらよかったのにな、などと考えていると、ふと、空気に溶けるような声で静香が尋ねた。

「君が悩んでいるのって、もしかして離任する先生のこと？」

「……え」

何を言われたのか分からなくて反応が遅れる。

文庫から目を離して、静香が萌を見つめた。

「思い詰めた顔で歩いてたでしょ。バイクにぶつかりそうになる前」

見られていたのか。

恥ずかしさといたたまれなさに顔が熱くなる。そして気づいた。


――離任する先生のこと？


それはあまりにも核心を突いた問いかけだった。

「ど、どうして……」

暗い顔はしていたかもしれないが、その原因まで分かったのはなぜだろう。

萌の問いかけに、静香が音《こ》もなく文庫を閉じた。

「その制服、東山にある東風高校のものでしょう。四条通りは通学路の範疇《はんちゅう》。でも近くに家があるにしては歩き慣れていない感じだったし、遊びに出たにしては浮かない顔だった。何より、俺が君に気づいたのは君が二度、あの通りを通ったからだ。表通りでもない寂しい路地を沈んだ表情で二度も通ったら目につくよ。迷っているというよりはあてもなく歩いている感じで、だからきっと帰るに帰れない理由があるんだろうと思った。それに裏道をぼんやり進んで来る君は、何度も学校の方を振り返っていたよ。だから帰れない原因は家じゃなく、学校にあると思ったんだ」

それで考えてみたんだけど、と静香がサッシの向こうの路地に目を向ける。

「そもそも今は日中で、制服を着た学生がうろうろするには不自然な時間帯だ。だけど俺は君の他にも、制服の学生があの道を通り過ぎるのを見かけている。時期的なことを考えれば、今日は終業式なんだろう。と、なると帰るに帰れない原因は、今日が過ぎるとチャンスがなくなるようなこと。例えば新学期になるともう会えない人に関わることだ」

言葉を切って、静香が視線を戻す。

「卒業式はすでに終わっているから三年生ではない。転校していく先輩か友人の可能性もあるけど、君は京都に疎《うと》いようだった。つまりプライベートを共有するような親しい人はいなそうだ。すると、思い悩むほどの相手というのは離任していく教師くらいしかいなくなる。それもたぶん、担任の先生」

「す、すごい」

言い当てられた内容よりも口数の多さに驚いて、萌は目を丸くした。

そのまま言葉をなくした萌に、静香が少し困ったような顔をする。どうやら期待した反応ではなかったようだが、萌には正解が分からなかった。

「びっくりするでしょう」

停滞したソファ席に向かって、キッチンから豊薫が声をかけてくる。

少し距離はあるものの話は耳に入っていたようで、お茶を淹れながら両目を細めた。

「昔から小さなことを手がかりにあれこれ想像するのが好きみたいで。そういう時はこちらが驚くくらいよく喋《しゃべ》るんですよ。普段もそのくらい喋ってくれるといいんですけど」

豊薫が兄の顔で静香を眺める。複雑そうな表情を浮かべて静香が黙った。

ああ、この沈黙は知っている。時間が話題を押し流すのを待っているのだ。

どう答えていいか分からない時や、理解されることを諦めた時に、萌もよくこんな風に口を閉じる。しかし生憎《あいにく》萌は話題を変えられるほど会話に主体性を持てるタイプではなかったし、豊薫にその気はないようだった。

結局じりじりとした沈黙に圧《お》し負かされたのは静香の方で、観念したように息をついた。

「だって、説明しないと分かんないでしょ」

その言葉に、なるほど、と思う。

確かに静香は最初、ごく短い言葉で萌に問いかけた。意味を汲《く》み取れなかったのは萌の方で、だから静香は説明を足したのだ。

言葉数の多さは気遣いの量だ。理解したところで、盆を手にした豊薫がキッチンから出て来た。

「お待たせしました。京番茶です」

テーブルの上に置かれたのは艶のない白磁の湯呑《ゆの》み。まるいフォルムが可愛らしいその湯呑みに温かそうな飴色《あめいろ》のお茶が入っていた。

「静香も飲んでみて」

豊薫が静香の目の前にも同じ湯呑みを置く。

じっと水色を眺めてから静香が片手で湯呑みを取った。口に含んで、飲み込む。

「どう?」

うん、と答えた静香の口元がほんの少し綻ぶ。目尻が下がって愛《いと》おしそうに湯呑みの中のお茶を見下ろした。

なんて美味《おい》しそうに飲むのだろう。

味についてのコメントは一切ないのに、そのお茶にどれだけ満たされたか手に取るように分かる。静香の反応に、豊薫が満足そうな笑みを浮かべた。

二口めを口に運ぶ静香につられるようにして、萌も湯呑みに手を伸ばす。

口元に茶を近づけるとふわりと甘い香りが漂った。

そっと口に入れて、味わう。意外にも既視感があって、同時に甘いと感じた香りが香ばしさであることに気がついた。

「いかがですか」

感想を聞きたいと言っていた最初の言葉通り、豊薫が萌に意見を求める。

「ええと……」

摑みかけた感覚がどの言葉に合うかじっくり吟味してから、萌は答えた。

「初めはお花みたいにふくよかな香りがすると思ったんですが、飲んでみると香ばしさの方が強くて……ほうじ茶に似ているかなと思いました。でもほうじ茶に感じる独特の苦味はなくて、もっとまろやかかな……そうだ、とうもろこしのような甘味を感じます」

確認の意味も兼ねてもう一度お茶を飲む。

豊かな香りが気道に広がって、吐き出す息とともに消えていった。

「美味しい」

色々言ったがその一言に尽きる。

こんな感じでよかったのかな、と豊薫を窺《うかが》って——固まる。

よく似た兄弟がよく似た表情で驚いたようにこちらを凝視していたからだ。

何か変なことを言っただろうか。

不安がる萌に気づいた様子で、豊薫が慌てて立て直した。

「すみません。美味しい、と一言言われるだけと思っていたのでびっくりしてしまって」

「よ、余計なことを言ってしまったみたいで……」

「いえ、そういうことでありませんよ。大変参考になりました」

にこ、と笑って豊薫が話題を切り替える。

「番茶は地方によって様々なものがありますが、京番茶はその名の通り京都で普及しているお茶です。若葉ではなく、成長した葉を天日乾燥させて、揉《も》まずに釜《かま》炒《い》りして作ります。新茶を摘んだ後の葉で作るので余りものとして安価で流通していますが、十分美味しいでしょう」

余りもの。これが？

驚く萌を楽しそうに眺めてから、豊薫が自分の淹れたお茶に目をやった。

「今までうちの店では取り扱いがなかったのですが、出入りの業者が勧めるので試しに少し仕入れてみたんです。焦がし過ぎず、苦味もないし、上手に作れていますね」

お茶を上手に作るってどういうことだろう。

よく分からないが、美味しいということは確かだ。

「ちなみに」

萌が残りのお茶に口をつけていると、豊薫が再び萌に微笑みを向けた。

「お茶にはテアニンというリラックス効果のある成分が含まれています。ほうじ茶や番茶は興奮作用のあるカフェインの含有量が少ないので、ほっとする効果が高いんですよ」

にこにこした顔のまま豊薫が続ける。

「お茶を飲んでも気が晴れない時は、誰かに悩みを聞いてもらうといいですね。切り出したからには弟にも聞く気があるのでしょう」

「え……え？」

含みのある助言を受けて、萌は豊薫と静香を交互に見比べた。

話題にされた静香はしかし、すました顔でお茶を飲んでいる。

「ではごゆっくり」

軽く会釈をすると、豊薫がキッチンに戻って行った。

どうやら窓際の女性にも京番茶を提供しに行くつもりらしい。

「すこいやつやなぁ」

ぼそりと静香が呟《つぶや》く。

京言葉だろうか。どういう意味が分からなくて反応できずにいると、静香が別のことを言った。

「俺と同じ年頃のお客さんが来るのは珍しいから、話し相手をさせたいんだよ。自分で引き留めておいて席を外すんだから、確信犯だ」

まあ好きにして、と言い置いて、それきり静香が沈黙する。

しばらくしてようやく、萌は二人の兄弟が「悩みがあるなら話してみては」と促していることに気がついた。

――誰かに、聞いてもらう。

会話の苦手な萌にとって、その選択肢は思いつきもしないものだった。

誰かに何かを相談するには、言語化できるほど明確な問題の認識が必要だ。

この点に困っていると言えなければ、どうしたらいいですか、とは聞けないからだ。

だけど悩みや後悔というものは主観的で感情的なものである。うまく説明するには骨が折れて、ましてや落ち込んでいる中、問題点を整理するのは大変なことだった。

でも、感じていることを話すだけなら。

相談ではなく、ただ聞いてもらうだけなら……いくらか容易《たやす》い気がした。

そろり、と静香の様子を窺う。

手持ち無沙汰になったのか、文庫をぺらぺらとめくっているものの、文字を追っている様子はない。

おそらく静香は、待つ、という姿勢自体が相手に圧をかけることを知っているのだ。

好きにして、と言ったからには話すも話さないも自由。こちらの選択肢を奪わないために、彼は視線を文庫に向けているのだろう。

優しい人だな、と思うと同時に言葉が滑り出た。

「悩みというよりは……」

ページをめくる静香の手が止まる。続きを吐くには勇気がいった。

「悩みというよりは……後悔です」

少し考えて、言い直す。

「後悔というよりは……未練、かもしれません」

静香の黒い瞳がゆっくりと動いて萌を見つめる。凪《な》いだ海のような気配だ。

待たされたことに対する苛立《いらだ》ちがないことに安心して、萌はぽつぽつと話し始めた。

いつからそうなのか。どうしてそうなのか。

物心がついた時から、萌は人一倍臆病だった。

もともと繊細で、感受性が強かったこともあるだろう。

色彩や味覚を繊細に感じ取ることができる一方、人の感情の変化に振り回されることが多かった。言葉の端に滲む思いに、視線の動きに、何気ない仕草に、相手の気持ちを垣間《かいま》見《み》ては、自分の心に影響を及ぼしてしまうのだ。

更に、派生する不安にも苦しんでいた。

例えば、電車の中で音漏れしている人を見かけると、音自体よりもその音に苛立って誰かが怒り出すのではないかとびくびくする。

まだ起きていないことにさえ怯《おび》えるくらいだから、感情的な罵声などは聞くに耐えない。突っ込んできたバイクから怒声を浴びせられるなど、心臓が止まりそうな出来事なのだ。

常に変化し続ける感情を全身から発信し続けている人間のそばにいることは、萌にとってそれだけで疲弊することだった。

だからせめて、自分の言動がその人に悪い影響を与えないようにと気を付けるのだが、残念ながら人間関係において普遍的な正解というものはない。

結局いつも手探りで、うまく立ち回ることができなくては、その度深く落ち込んだ。

成功体験よりも失敗した衝撃の方が体の中に蓄積されていって、そのうち、何か悪いことが起こると自分のせいではと怯えるようになってしまった。

そうしてでき上がったのが、いわゆる人見知りで引っ込み思案の性格である。

転入ではなく、入学に合わせて京都に引っ越せたのは幸運だったが、しかしだからといってこの性格がいきなり変わるわけではない。

土地勘もなく、社交性もなく、人との関わりに怖気づいているうちに、萌はいつの間にかクラスの中で空気のような存在になっていた。

一日中、誰とも言葉を交わさない日もあったくらいだ。

それでも慣れない人間関係を無理に築いて誰かの気分を損ねるよりずっとマシ。

少し寂しいけど、安全で気楽な日々がこのままずっと続くのだろう、と漠然と思い込んでいた。

状況が変わったのは、夏休みが明けてすぐのことである。

その頃になると秋の文化祭に向けて少しずつ動きが出始めて、クラス単位で実行委員と呼ばれる代表者を選出しなければならなかった。

萌の高校では労力の分散と経験を増やすという教育方針からクラス委員を置かず、体育祭や文化祭、修学旅行など行事ごとに代表者を立てることになっている。

クラス会では、部活動に関わっている者は試合や作品発表に向けて活動が活発になるため、代表者は部活動に入っていない者、またアルバイトなどで忙しくない者がいいのでは、という意見が出た。

どちらも支障がない者に挙手が求められて、萌はうっかり、本当にうっかり、正直に手を挙げてしまったのだ。

気がつくと挙手しているのは自分だけで、あれよあれよという間に実行委員になってしまっていた。

それからは地獄のような日々だった。

企画を決める。会場希望を出す。予算申請書を作る。話し合いを仕切る能力のなかった萌は、そのほとんどをアンケートに頼り、全てを自分一人で詰めていった。

誰かに助けを求めるなんて高等技術は持ち合わせていない。思いつきもしなかった。

何もかも一人で抱え込み、全ての責任を背負い込む。そうして工夫や労力を注ぎ込んでも、各学年の代表者が集まって話し合う、通称「企画ぶん取り会議」や「会場ぶん取り会議」、「予算ぶん取り会議」では話し下手が災いして劣勢を強いられた。

自分の不甲斐なさに心をすり減らし、時にはクラスメイトをがっかりさせ、かつてないほど過酷な環境で、萌はどんどん消耗していった。

そんな萌の窮状にいち早く気がついたのが、担任教師の小佐野佳美《おさのよしみ》である。英語科を担当する彼女は三十代前半の女性教諭だ。溌剌《はつらつ》として明るく、思い切りがよくて行動力もある。自分にないものばかりを持っている佳美は、萌にとってまるで別世界の住人のようだった。しかし。

「羊歯さんはこまいところまでよう気のつく、いい目を持ってはるわね」

ある日書類に承認印をもらうため赴いた職員室で、ざっと目を通した佳美がそう言って萌を労った。

あまりに聞き慣れない評価に、萌は最初、遠回しの苦言かと身構えたほどだ。

どうやら伝わっていないらしいと察した佳美が、書類を置いて体ごと萌に向き合った。

「そんな顔せんでも。褒めてんのよ。羊歯さんはあんまり主張せえへんけど、一人一人のことをよう考えて心を砕ける、こまやかな人や。あなたのおかげでみんな気持ちよう活動できてんのやで」

そんな風に言われたのは初めてのことで、萌は強く心を打たれた。

自分にとって生き辛さでしかなかった「こまいところまでよう気のつく」気質を評価さ

れたことにもびっくりしたし、何より佳美が自分を気にかけていたということに驚いた。

影の薄い、特に問題も起こさない萌は、教師にとっても存在を見逃しやすい生徒なのだろう。時に困っていることを打ち明ける機会に恵まれても、その悩みがはたから見ると大きな問題ではないために、軽くあしらわれることが多かった。

自分の一番柔らかい部分を晒《さら》した挙句に「そんなこと」と軽んじられ、「自分には分からない」と言われたらもう口を開けない。

それはあまりにも辛《つら》いことで、だからこそ萌は誰にも、何も訴えては来なかったのだ。

だけど佳美は、気づいて、気にかけて、萌にとっての問題の大きさを推し量ってくれた。理解して、その上よくやっていると労ってくれたのだ。

心に重くのしかかっていたものがふいに軽くなったような気がして、萌は声もなくその場で涙した。

「頑張っとったし、様子見とったんやけど、そろそろ手伝ってもええ？」

控えめに問う佳美に、何度も頷《うなず》く。見守ってくれていたのだという安堵感と、手を差し伸べてくれた心強さがとにかく嬉《うれ》しかった。

それから佳美は実に巧妙な立ち回りでクラスメイトたちの協力を促し、萌に過剰な負担がかからないよう工夫してくれた。

何とか無事に文化祭を終えられたのも、その後再び影の薄い存在に戻った萌の学校生活が居心地の悪いものではなくなったのも、全て佳美のおかげだと思っている。

その佳美に妙な噂《うわさ》が立ったのは、寒さが身に染みる真冬のことであった。

曰く、「小佐野先生は幽霊とお茶会をする」。

当然、真偽のほどは知れていた。見間違いか、勘違いが一人歩きしたのだろう。

噂をする生徒たちもそんなことは分かっているようで、怖がっているというよりは軽いゴシップを楽しんでいる様子だった。

他愛のない話題の一つ。そこに悪意はない。

分かってはいるものの、萌は佳美の尊厳が軽々《けいけい》に扱われるようなその話題が好きではなかった。

弁明する機会も与えずに、想像上のその人をあたかも本質のように語るのはフェアじゃない。

潔癖すぎだという自覚はあったが、誤解されることの多い、そしてそれを解く機会に恵まれなかった萌にとっては、どうしても心がモヤつく一件だった。

だからといって何ができるわけでもなく、萌はただ、耳を塞ぐように噂から遠ざかった。

奇妙な光景に出くわしたのは、そんな折である。

忘れ物を取りに放課後の教室へ向かうと、夕陽《ゆうひ》が差し込む室内に一人、佳美が佇んでいた。

翌日の授業に使うのか、黒板に向かって板書構成を考えている。その横には教卓。何気なく天板の上を見て、萌は思わずぎょっとした。

さして広くもない教卓の上には、湯呑みが三つ乗っていたのだ。

まるで他に誰かいるような不自然な湯呑みの数に、一瞬噂のことが頭を過《よ》ぎった。

——そんな馬鹿な。

きっと自分が来る前に誰かいたのだ。そうに決まっている。

自分は無責任な流言に喜んで飛び付いたりはしないぞ、と自戒して、萌は教室に踏み込んだ。

「あら、羊歯さん。どないしたん」

「忘れ物をして……」

振り返った佳美はいつも通りにこやかだった。だから萌もごく自然に尋ねたのだ。

「誰かいたんですか？」

そうよ、と返ってくる返事を期待した。当然だ。一人で三つの湯呑みを使うはずがないのだから。

しかし、逆光の中に表情を溶かした佳美は、不思議そうに首を傾けたのだ。

「私はずっと一人でおったわよ」

嘘《うそ》をつかれた、ととっさに思った。あまりにも自然に。何でもないことのように。

湯呑みの数を見れば他に誰かいたのは明白なのに、佳美はそれを誤魔化したのだ。

何か理由があるのかもしれない。一緒にいたことを知られたくない相手だったとか、本当に幽霊とお茶をしていたとか……だけど。

こんなに簡単に、こんなに稚拙な嘘であしらわれるなんて。

佳美の中の自分の存在が、酷く軽いものであったと思い知らされたようで、萌は深く傷ついた。

佳美にとっては取るに足らないことだったのかもしれないが、その嘘が他愛のないものであればあるほど、簡単に謀っていい相手だと思われたようで、悲しかった。

まるで酷い裏切りのようだ。

そのことがあってから、萌はすっかりもとの臆病さをぶり返して佳美を避けるようになってしまった。

悪意のない、自覚のない、他愛のない裏切りは繰り返される。

それはそうだ。相手に人を傷つけたつもりはないのだから。

だからこそ怖かった。再び無自覚に傷つけられるのが怖かった。佳美の顔を見るたびに傷ついたことを思い出し、また傷つくかもしれないと心が縮む。

目を逸らし、声をかけてこようとする気配から逃げ出し、可能な限り避けて、避けて、避けて……数ヶ月が経《た》った。

そして春休みを前にした今日。佳美が異動によって学校を去ることを知ったのだ。

「……気まずくなったのは私のせいです。きっと他の人にとってはすぐに忘れてしまうような、些細《ささい》なことなんでしょう。だけど……だけど、私は痛かった」

嘘をついたのは佳美だけど、萌が傷ついたのは萌のせいで佳美のせいじゃない。

「本当は……あんなことが起こる前のように言葉を交わしたかったです。でもどうしても怖くて……何もなかったように振る舞うことができませんでした。先生も、私の不自然な態度には気がついていたと思います。呼び止めようとしてくれたこともありました。だけど気づかないふりをして……。私の方が、ずっと酷い。ずっと先生を傷つけた」

ぱたぱた、と拳に水滴がつく。瞬《まばた》きすると涙が落ちて、萌は目元をぐいぐい拭った。

佳美からしたら裏切ったのは萌の方だ。それなのに悲しいなんて言うのはずるい。

「が、学校は今日で終わりだし……先生はいなくなる。だからもう、考えても仕方ないって、頭では分かっているんですけど……」

これは後悔か。それとも未練だろうか。

今更何もかも遅いのに、帰るに帰れないほど後ろ髪を引かれて、祇園をさまよった。

「い、以上……です」

震える吐息を吐き出して、話を終える。

とりとめもなく、ずいぶん長いこと話してしまった。

変なことを言ったのではないか、言わなくてもいいことまで喋ったのではないかと心配になっていると、静香が口を開いた。

「君の」

そこで困ったように眉を寄せる。

言い淀《よど》む静香が自分をどう呼ぶべきか迷っているのだと直感して、萌は遅ればせながら名を名乗った。

「あ、し、羊歯萌です」

「萌」

躊躇《ちゅうちょ》なく呼び捨てにされるのは両親以外で初めてだ。座りの悪い思いでうろたえる萌には構わず、静香が仕切り直した。

「萌の見た三つの湯呑みは全部同じ形だった?」

「え? えっと……」

脈絡のあるようなないような問いかけに一瞬つまずく。少し考えて、萌は答えた。

「いいえ、全部違う形だったと思います。一つは蓋つきの湯呑みで、一つはよくある縦長の湯呑み。もう一つはこういう丸い湯呑みでした」

手元の湯呑みを掲げてみせると静香が小さく頷いた。

「もう一つ思い出して欲しいんだけど、教室にはケトルがあったんじゃない?」

「け、ケトル」

「ポットかもしれない。とにかく何か、お湯を溜《た》めておけるもの」

あっただろうか。

記憶の底を探って、そういえば、と思い出す。

「電気ポットが……別の机の上に置いてありました。その、コンセントの届く位置に」

「なるほど」

納得したように再度頷くと、静香が音もなく立ち上がった。

「来て」

聞き間違いかと思うほど短い言葉を残してキッチンに向かっていく。茫然と見送っていると少し行ったところで静香がこちらを振り返った。

路地を案内した時と同じだ。無言のまま萌を待っている。

促されるまま腰を上げて、萌は静香の後を追いかけた。

システムキッチンの背後にそびえるのは天井につくほど背の高い棚だ。

正方形をたくさん詰め込んだような大きな作り棚で、お茶を詰めたパッケージが美術品のようにディスプレイされていた。

その中から静香がいくつかお茶を見繕う。銘柄を確認しながら手に取っているので、何か基準があるようだ。

フロアでは豊薫が未《いま》だに窓際の女性と話し込んでいる。こちらに背を向けている姿勢は、邪魔しないよ、という意思表示に見えた。

作業台の上にお茶のパッケージが三つ並べられる。

「これはうちの店で取り扱っている、煎茶、かぶせ茶、玉露の茶種から一つずつ選んだものなんだけど」

静香が一つずつパッケージをひっくり返す。

「見て」

示されたのは裏面のラベルだ。

原材料や賞味期限が書かれたものと、商品名、品種、産地、味の特徴、それから目安の温度というちょっと変わった項目が書き込まれているものが貼られている。

「この三つの茶種の違いは、茶葉の育て方にあるんだ。煎茶が摘み取りまで日光に当てて育てるのに対し、玉露は芽が開き始めてから約二十日、かぶせ茶はその一週間ほど前まで藁《わら》や莚《むしろ》で直射日光を遮って育てられる。日光を遮るのは、そうすることで渋味のもとであるカテキンを減少させることができるからだ。代わりに、テアニンやアミノ酸などの旨味成分を引き出すことができる。そうして作られたお茶の旨味や甘味というものは、低温の湯によって抽出することができるんだ」

淀みなく説明する静香に圧倒されていると、分かる？　と顔を覗き込まれた。

「て、低温……」

そう、と静香がお茶に目を戻す。

「あまり知られていないけど、お茶は高温の湯で淹れると渋味が、低温の湯で淹れると甘味と旨味が抽出されやすいんだよ。特に玉露やかぶせ茶は茶葉の甘味や旨味に魅力があるから、より低温の湯で淹れることが推奨されている」

知らなかった。

萌の家ではお茶を入れる時は電気ポットの熱湯を使っている。お茶とは全部そうして淹れるものだと思っていた。

「あ、だから目安の温度」

思考がつながって、もう一度ラベルを確かめる。

目安の温度の項目にはどれも熱湯とは言い難い温度が記載されていた。

「日本茶は淹れ方によって様々に表情を変えるお茶だから、本当は自分の気に入った温度や飲み方を見つけて楽しむのがいいんだけど……。よく知らない人でも美味しく飲めるように、うちではこうしてその茶葉の特性がよく引き出せる適温を表記しているんだ」

そう言って静香がパッケージのラベルを順に指差していく。

「煎茶の適温は八十度から七十度。かぶせ茶の適温は七十度から六十度。玉露は五十度から四十度」

四十度といったらお風呂のお湯くらいだ。

ずいぶんぬるいのだな、と思うと同時に萌の頭に疑問が浮かんだ。

「あの、温度はどうやって測るんですか？」

まさか毎度温度計で測るわけでもあるまい。

そうは思うものの、つい辺りに温度計らしきものはないかと探してしまう。

きょろきょろしていると、静香がキッチン下の収納棚からいくつかの茶器を取り出した。

お酒を嗜《たしな》むような小さな器が五つと、湯呑みをハート型に歪《ゆが》ませたような器が一つ。それから三角形のくちばしが張り出した蓋つきの器が一つ。

どれも見慣れない茶器だったが、特に目を引いたのはくちばし付きの器だ。

片手で包めるくらいの小ぶりな大きさで、上部の蓋は平たい。つるりとした側面に取手はないが、似たものを挙げるとするならこれは、

「急須みたい……」

漏らした呟きに静香が頷く。

「これは宝瓶《ほうひん》といって、お茶を淹れるための道具なんだ」

静香が蓋を取ると、くちばしの内側には茶漉《ちゃこ》しの代わりになる小さな穴がいくつも空いていた。

「宝瓶セットでは基本的に、急須に該当する宝瓶、お茶を飲むための茶碗《ちゃわん》、そして湯冷ましのための器がつくことが多い」

「湯冷まし？」

聞き返した萌に、静香がハート型の器を手に取って見せた。

「これが湯冷ましのための器。湯の温度を下げるやり方は二通りあって、こういう湯冷ましに熱湯を注いで適温になるまでひたすら待つ方法と、別の器に湯を移し替えて冷ます方法がある」

こんな風に、と静香が蓋の開いたままだった宝瓶と湯冷ましを交互に持ち上げてお湯を入れ替える動作をする。

「お湯というのは器に移し替えるたびに温度が下がるんだ。空気に触れ、器に湯温を奪われて、冷めていく。この下がっていく温度というのは大体統計が取れていて、常温のカッ

プに移し替えるたびに約十度、温められたカップに移し替えるたびに約五度下がる。たとえば煎茶なら二、三度の入れ替えで適温の湯を作れるというわけだね。湯冷ましに入れて待つよりずっと早く湯温を下げられるから、うちの店ではこの方法を使うことが多い」

「なるほど……。入れ替えた回数が分かっていれば、温度計は要らないんですね」

「うん」

理解の追いついた萌を確認してから、静香が全ての茶器を作業台に戻した。そして先ほどとは違う場所から別の器を取り出して萌に見せる。

「あっ」

やはり手のひらに収まるほどのその器は、一見すると蓋付きの湯呑みのようだった。しかしよく見るとまるみのあるフォルムには一部に指でつまんだような控えめなくちばしがある。

その立ち姿に見覚えがあって、萌は声を上げた。

「こ、これ、宝瓶ですか」

「そう」

蓋を開くと、くちばしの下にはいく筋か引っ掻《か》いたような筋があった。おそらくこれが茶濾しの役割を果たすのだろう。

「宝瓶には色んなデザインがあって、こういう湯呑みに近い形状のものもあるんだ。――君が」

す、と静香の両目が萌を見据えた。

「君が見た蓋付きの湯呑みは、たぶん宝瓶だ」

その推論が何を導き出すものか分かったような気がして、萌は愕然とした。

もしかして……もしかして……。

真っ直ぐな眼差しを萌に向けたまま、静香が続ける。

「蓋付きの湯呑みが宝瓶だったとすると、他の湯呑みの用途はおそらく、湯冷ましと茶碗。湯呑みを二つ用意したのは湯を入れ替えて冷ますためだ。じっと待つ方法をとったのなら湯呑みは一つでいいからね。そばに電気ポットがあったなら熱湯が手に入る環境だったということ。湯冷ましをしていたのは確かだと思う」

つまり、と静香が託宣を告げる神官のようにその結論を口にした。

「先生は、全ての茶器を使って一人で日本茶を飲んでいたんだ」

目の前が真っ暗になるような衝撃を受けて、萌はふらふらとその場にしゃがみ込んだ。

「そんな……じゃあ、先生は嘘をついたわけじゃなかったの……」

気持ちがこじれていく原因となったささやかな、だけど萌にとって大きな意味を持つ正当性が、がらがらと音を立てて崩れ落ちていく。

嘘はなかった。佳美は萌を誤魔化したりなんかしていなかった。軽くあしらったわけでも、ましてや裏切ったわけでもない。

ただ本当のことを口にしただけ。それを信じなかったのは、自分だ。

うう、と喉から呻《うめ》き声が漏れる。

「いつもそう……いつもそうなんです。誰も気にしないようなことが気になって、人の心の動きに怯えて、悪意のないものに悪意を疑う。どうしてこうなんだろう」

気にしすぎ。考えすぎ。そんなことは自分が一番よく分かっている。

もっと楽に、もっと適当に生きればいいと言う人もいるけど、楽にってどうやって？　適当にってどのくらい？

正解が分からないことをするのは怖い。失敗したら誰かを不快にさせるからだ。だから慎重に、慎重に、自重して生きているのに。

「結局、どう気をつけてもうまくいきません。悪いことが起きる時はいつも私のせい。私が失敗しているせいです。今回もそう。先生に嘘をつかれたと思って、私……裏切られたとまで思ったんです。なんて酷い……。自分が卑屈だったせいで、先生を疑ったのに」

不当に避け続けた佳美の気持ちを思うと、罪悪感で胸が潰れそうだった。

「どうしてこうなんだろう。どうしてみんなと同じように受け流せないんだろう。簡単に傷ついて、いつまでも気にして、臆病で、卑屈で」

生き辛くて、生き辛《づら》くて。

「こんな自分、大っ嫌い……！」

乱れた呼吸に声が震える。

胸を掻き毟《むし》りたい衝動に堪《た》えていると、ふいに頭に手が乗った。

ぎこちない仕草でぽすぽす頭を叩く。小さい子どもがするような拙い慰めだった。

「繊細なところは、萌の長所だと思うけど」

地面に染み入るような落ち着いた声にほんの少し頭が冷える。同時にどっと自責の念が押し寄せた。

初対面の人にこんな面倒くさい思いをぶちまけてしまうなんて。

申し訳なさで顔も上げられず、萌は青くなってキッチンの床を見下ろし続けた。

強張った体に気がついたのか、静香が手を離して萌と同じようにしゃがみ込む。様子を窺おうとする気配がしたが、やがて小さく息をついた。

「そろそろ助けて欲しいんだけど」

声の向きが変わったことに気がついて、萌は恐る恐る顔を上げた。

見るといつからそこにいたのか、キッチンの入り口に着物姿の豊薫が立っている。

「珍しく積極的に関わっているから、邪魔しないようにと思ったんだけど」

「そういうの、いいから」

ふてくされたように静香が顔をしかめた。

「俺にフォロー役は向いてないよ」

ふい、と顔を背ける静香に、豊薫がちょっと肩を竦める。そして腰をかがめると、萌に向かって微笑んだ。

「ちょっと一息入れませんか。お茶を淹れ直しましょう」

はっとして、慌てて立ち上がる。

人の仕事場を占領していることに気がついたのだ。

「すみません」

謝る萌に豊薫が笑顔で首を振った。腰を上げた静香が兄に尋ねる。

「何を淹れるの」

「そうだね」

思案げに豊薫がお茶の並んだ棚を見上げた。

「《桜ほのか》はどうだろう」

「……ああ、うん。いいね」

商品名を聞いて何事か察するところがあったのだろう。静香がふと、安堵したような笑みを浮かべた。


フロアに戻ると、カウンターの女性はいなくなっていた。

実質貸切状態の店内でソファに腰を下ろす。

しばらくすると、豊薫がクラシカルなサービスワゴンを引いてやって来た。

真鍮《しんちゅう》製の四本足に二枚の黒い天板。上の段にはこまごまとした茶器が盆の上に乗っていて、下の段には湯気の立ったケトルがセットされている。

「せっかくですからパフォーマンスも兼ねて宝瓶で淹れましょう」

そう言って豊薫がコンクリートの床に置いたのは、人一人が座れる程度のコンパクトな置き畳だ。草履を脱いでそこへ上がる。

丁寧な所作で盆をソファテーブルに移動すると、豊薫が着物の裾を捌《さば》いて畳に座した。まるでそこだけ茶室に通じているみたいだ。

「まず宝瓶に熱湯を入れて、器が温かくなったら茶碗に湯を移します」

ワゴンの下の段にあるケトルを手にして、豊薫が宝瓶に湯を注ぐ。

流れるような美しい動作を目で追ううちに、萌は少しだけ気が紛れていくのを感じた。滞っていた気持ちが、目の前の珍しいものに引っ張られて循環し始める。豊薫がわざわざ目の前でお茶を淹れ始めたのは、この効果を狙ってのことだったのかもしれない。

「こちらが今回使用する煎茶です」

萌の目の前に小さな豆皿が置かれる。中には濃緑の茶葉が入っていた。

「わあ」

綺麗だ。

細い針金のような形状の茶葉に葉っぱだった頃の名残はないが、雨の日の森のような深い色合いでつやつやと輝く様は、美しい宝石のようだった。

温めたばかりの宝瓶に茶葉が落とされる。続いて茶碗の中の湯を注ぐと、豊薫は蓋をせずに手を離した。

入れ替え二度で約八十度。温めた宝瓶へ戻して約七十五度の湯が茶葉を浸している。

湯は茶葉がひたひたに浸かる程度で、こんなに少ないのかと萌は驚いた。

やがて小枝のようにぎゅっと縒《よ》り合わさっていた茶葉が、湯の中でゆるゆるとほどけていった。

「お茶が葉っぱの形に戻っていく……」

子どものように感動する萌に豊薫が気配だけで笑う。

濃緑の針金が青柳色《あおやぎいろ》になり、少し柔らかそうになってきたところで蓋が閉められる。二つの茶碗に少量ずつ、とろりとした液体が注がれた。

最後の一滴まで大切に絞り出されたそのお茶は、晴れた日の太陽のように美しい黄金色《おうごんいろ》をしていた。

「お待たせいたしました。《桜ほのか》です」

萌と静香の前に一つずつ茶碗が置かれる。

どうぞと勧められて、萌は茶碗を手に取った。

温められたカップから華やかな甘い香りが立ち上っている。引き寄せられるように唇をつけると、一口お茶を飲み込んだ。

「……！」

これが、お茶？

濃厚でまろみのある旨味が口の中に広がっていく。青々とした大地の香りを凝縮したような味わいだ。そして鼻を抜けていく、この香りは——。

「さ……桜餅の香り……！」

驚きに目を丸くする萌を見て、豊薫がにっこり微笑んだ。

「面白いでしょう。フレーバーを使っているわけじゃないんですよ。桜の木と同じクマリンという香気成分が含まれた品種なので、このような香りがするんです」

信じられない思いでもう一度お茶に口にする。

今まで飲んだどんなお茶とも違う太陽の色をした液体は、やはり桜を思わせる春の香りがした。

「二煎めを淹れます」

「に、二煎め……？」

豊薫が手を伸ばしたのはケトルの向こうに用意されていた小さな水差しだ。中にはなんと、氷と冷水が入っている。

熱湯で淹れるイメージの強い日本茶に氷を使うなんて。

冷ました湯を使うことは静香の説明からすでに知ってはいたが、氷水ともなるとちゃんと味が出るのか、萌は少し心配になった。

「煎茶は低温で淹れると甘味成分が引き出されます。温度は低いほど甘くなるので、氷だけでじっくり抽出することもあるんですよ」

説明しながら豊薫が宝瓶に冷水を注いでいく。先ほどと同じように茶葉が浸るほどの少量だ。

「二煎めは茶葉が開きやすくなっているので、冷水でも比較的早くお茶を淹れることができます」

少しして先ほどより更に柔らかそうになった茶葉を確認すると、豊薫が再び二つのカップにお茶を淹れた。

「どうぞ」

差し出されたカップを恐る恐る受け取る。

水色はほとんど変わりなく見えるが、果たして味はどうなのか。

どきどきしながら萌はお茶を口に含んだ。

「あ……！」

最初に感じたのは冷たさ。次に舌に触る甘味。そして最後に驚くほど芳醇《ほうじゅん》な香りがぶつかってくる。

「い、一煎めより二煎めのほうが味がしっかりしているように感じます。雨の日の森をまるごと食べちゃったみたい」

ずいぶん抽象的な感想になってしまったが、豊薫も静香も興味深そうに萌の言葉に頷いてくれた。

「では、三煎めを淹れましょう」

「えっ」

再びケトルの湯に手を伸ばした薫に思わず声をかける。

「私、お茶って一煎めだけを飲むんだと思っていました」

二煎めを二番煎じ、と貶《おとし》める言葉もあったはずだ。出涸《でが》らし、という言葉もある。何より家で煎れるお茶は二煎め以降美味しかった記憶がない。

それを三煎も淹れるなんて。

「お茶はいくつかの点に注意すれば何煎でも楽しめますよ」

当たり前のように言って、豊薫が宝瓶の中へ熱湯を注ぐ。今度は器に対して八割ほどの水量だ。

「ただ、美味しく飲むにはある程度限界はあると思います。茶葉は開ききると味落ちしてしまいますから。段階ごとに茶葉の開き具合を調整して、うちでは三煎までを目安に楽しんでもらうことにしています」

数秒で手早く淹れられたお茶が萌と静香の手元に置かれた。

水色は変わらないがとろみがなくなり、さらっとした印象の液体になっている。

「一煎めは香りを楽しむために。二煎めは味を楽しむために。三煎めはおしゃべりを楽しむためにちょうどいいお茶になるよう淹れています」

勧められて飲んだお茶は、二煎めまでとは全く印象の異なるものだった。

香りも、味わいも、全てが優しく、軽くなっている。飲み慣れた日本茶に一番近い味だ。主張しすぎないので、確かにおしゃべりをしながらたくさん飲むのに向いている。

同じ茶葉でこれほど多くの表情を引き出せるのかと、萌は純粋に感動した。

「味がぼやけたところで玄米を足して玄米茶にする楽しみ方もありますよ。一煎めのように個性の強い味わいでは玄米の香りとぶつかってしまいますが、何煎か淹れた後ならうまく香りが調和します。あとは……そうですね。好みの問題もありますが、一般的に多く出回っている合組茶《ごうぐみちゃ》よりシングルオリジンの方が、二煎め以降の味のばらつきが出ない分、多煎抽出には向いているかもしれません」

「シングルオリジン……」

聞いたことのない言葉が続いて理解が追いつかない。

何だろう、と思っていると見越したように豊薫が答えをくれた。

「日本茶というのはそのほとんどが合組茶と呼ばれる、いわゆるブレンド茶なんです。これはお茶の味や品質の均一化を図り、市場に出回る量を維持するために発達した技術で、茶師と呼ばれる人たちが様々な農園から様々な品種の茶葉を集めてブレンドしています。色んなお茶を混ぜて一煎めの印象を整えたものですから、二煎め以降はそれぞれの茶葉の個性が味のばらつきとして感じられるんですね。シングルオリジンはこの逆で、単一農園で作った単一品種のお茶を意味します。ワインのシャトーやウィスキーのシングルモルトのように農園の特徴を生かしたお茶で、他のものとはブレンドせずにその個性を楽しむものです」

たとえば、と豊薫が宝瓶の中に残った茶葉を示して言う。

「この《桜ほのか》というお茶は、静岡県安倍川《あべかわ》上流域の茶園が静《しず》七一三二という品種をもとに作ったシングルオリジンです。桜の葉のような香りは品種の特性ですが、この仕上がりはその茶園ならではのものですね」

お茶に、個性。

今まで考えてもみなかった発想だが、今しがた経験した《桜ほのか》に対する衝撃が説得力となって、腑に落ちるような気がした。

「人間もお茶と同じです。日本人と一括《ひとくく》りにしてみても、一人一人は別の個性を持っただ一人のシングルオリジンです。《桜ほのか》が持つ少し燻《くすぶ》ったような桜の香りも、あなたの繊細で感じやすい感受性も、個性という意味では同じです」

「そんな」

それは違う、と萌はとっさに首を振る。

「私はこのお茶みたいに素晴らしいものじゃないです。くよくよして、小さなことが気になって、失敗してばかりの……」

芳醇な香りで心を打つ《桜ほのか》とは全然違う。強く否定する萌に、そうでしょうか、と豊薫がやんわり疑問を返した。

「京番茶の味わいをあれほど豊かに表現できたのは、あなたが人より繊細に世界を受け止めることができるからでしょう。その繊細さで傷つくことが多いのだとしても、あなたの長所まで否定してしまうことはありません。この《桜ほのか》だって、香りの個性が強すぎてブレンドに向かないという一面を持っています。でも、だからといってこのお茶のポテンシャルが全て否定されることにはならないでしょう。人間もお茶も同じ。個性自体に良し悪しがあるのではなく、どこに注目して、何を引き出すかが問題なんです」

「で……でも」

そんなにいいものなら、こんなに生きにくかったはずはない。

親切な励ましを素直に受け取れないくらいには、萌は自分自身に傷ついて生きていた。

「萌がその繊細さを負担にしてしまうのは、きっと悪いことばかりが目について自信をなくしているからだよ」

唐突に、それまで成り行きを見守っていた静香が口を挟んだ。

「俺、あんまり喋るの得意じゃないし、外にも出ないし、料理もできないし……なんていうか生きるのが下手くそだけど」

手元の茶碗から萌に視線を移して静香が言う。

「それでも豊薫は俺を大事にするよ」

だから俺も俺を大事にする、と静香が続けた。

「萌は違うの？　先生は萌を褒めたでしょう。細かいところによく気がつく、こまやかな人だって。先生が認めた君を、君自身は認めないの」

言ってから「難しいな」と静香が顔をしかめる。お茶の説明や推理を説明する時とは違って、感覚を口にするのは苦手なようだ。

「えーと、だから……自分のことはさ、嫌なところまで全部見えるから自信を持つのって難しいよね。それは分かる。俺も自分を嫌いになりそうになることがあるから。そういう時は自分に関わるあらゆることを悪い方へ捉えてしまって、苦しくなる。君は繊細な分、俺よりもっと日常の中にそうしたきっかけが多いんだと思う」

一息入れて、静香が懸命に言葉をつなぐ。

「でも俺は豊薫が大事にする自分を大事にするよ。自分を信じることが難しくても、豊薫を信じることはできるから。だから俺は自分を嫌いにならないし、見捨てたりもしない」

分かる？　と少し不安そうに静香が首を傾けた。

「分かる……分かります」

よくも悪くも個性を価値づけるのは自分だと説いたのが豊薫で、相手を信じることができるなら相手の認める自分も認められるはずと説いたのが静香だ。

先生は、と萌は思う。

誰も気にしないようなことでぐずぐず悩む萌を「よく気がつくいい目を持っている」と言ってくれた。人の顔色が気になって相手の気分に左右されやすい萌を「一人一人に気を配るこまやかな人」だと褒めてくれた。

自分はだめだと安易に価値を下げることは、萌を認めた先生をまるごと否定することと同義だ。

「自分を大事にすることは……相手を大事にすることと同じ……」

「うん」

ほっとしたように表情を緩めて、静香がソファの背にもたれた。

息を詰めるように静香を見つめていた豊薫が、小ざく息を吐く。自分を引き合いに出されて驚いていたのかもしれなかった。

「それで、どうするの」

弛緩《しかん》したまま、静香が尋ねる。

え、と聞き返すと、少しだけ体勢を改めて静香が問い直した。

「さっき、後悔って言ってたでしょう。未練、とも。後悔は後になって悔やむことだけど、未練は諦めきれないことを含む言葉だ。その未練、どうするの」

未練。

口の中で繰り返して、萌は視線を下げた。

「わ……分かりません。諦めきれないことなんて……」

思いつかない。思いついたとしても、もう何もかも遅いのだ。

だって今日は終業式で、佳美はもう新学期にはいないのだから。

更に姿勢を正して、静香が萌を見つめた。

「本当は、あんなことが起こる前のように言葉を交わしたかったって言ってたよね」

正確に会話を再現して、静香が長い睫毛《まつげ》に縁取られた瞼《まぶた》で一度瞬きをする。

「もし誤解がなくて先生と普通に話できる関係だったら、萌は今日、何がしたかったの」

もし。もし誤解がなかったら？

先生を避けることなく、今日という日を迎えたら。

「……私」

何が。何がしたかったのか。最後に、何が。

「私、本当は……最後に一言、お礼が言いたかった……」

ぽろりと言葉がこぼれ落ちて、はっとする。

あまりにも大きな喪失感と自責の念に押し潰されて見えなくなっていたけど、そうか自分は佳美に、お礼が言いたかったのか。

一つ見つけることができると、二つ目は早かった。

「それから……勘違いして避けていたことを、謝りたいです」

それは真実を知ったからこそできた願いだった。

萌の言葉を聞いた静香が嬉しそうに破顔する。思わず目を奪われるほど、はっきりとした笑顔だった。

「よかった」

安心したように静香が再びソファの背もたれに戻っていく。

何がよかったのか。真意を摑み損ねて戸惑っていると、豊薫が横から補足してくれた。

「その未練なら晴らすことができそうだという意味でしょう」

まだ間に合いますね、と言われて息をのむ。

もう何もかもが遅い。取り返しがつかない。だから諦めなければと思っていたが、そうではないのかもしれない。

気がつくとその場に立ち上がっていて、萌は無意識に壁時計の時刻を確認していた。昼時はとうに過ぎて短針は大きく傾いていたが、夕刻にはまだ早い時間だ。

「私……私、学校に戻ります」

がんばって、と言ってくれた静香の声が、何よりも力強く萌の背中を押してくれた。


午後の街を北東に向かって走る。

本当ならバスで向かう距離だが、勢《む》いづいた気持ちのまま駆け抜けたかった。喉がひりつく。心臓が痛い。擦り剝いたばかりの傷が疼《うず》く。それでも足を止めたくなくて、萌は突き動かされる気持ちのまま、懸命に走り続けた。

息を切らせて戻った学校で、佳美を探す。

職員室を覗いてみたが姿がないので、それならと教室へ向かった。

廊下にはそれぞれの教室から出された机と椅子が整然と積み上げられている。

呼吸が整うにつれ、いつもとは違う校舎によそよそしさを感じて、萌は心細くなった。

通い慣れた教室はもうどこにもない。四月になったらクラスメイトも変わって、佳美はいなくなるのだ。

不安にも似た寂しさに視線が落ちる。

立ち止まってしまいそうになった時、向かう先の教室から物音がした。

——先生がいる。

その途端、全ての不安が吹き飛んだ。

お礼が言いたい。謝りたい。吹きこぼれるようなその気持ちを胸に、足早に教室へ向う。

室内を覗き込むと、はたして佳美がそこにいた。

異動ための整理をしているのだろう。デスクの上に私物を広げて何やら真剣に吟味している。

教卓の上には、湯呑みが三つ。

「せ、先生……!」

なけなしの勇気を掻き集めて声をかけると、振り向いた佳美がちょっと意外そうな顔をした。

「羊歯さん。こんな時間にどないしたん?」

ここ最近の気まずさなどなかったように、いつも通りの笑顔で佳美が応じる。

思わず怖気《おじけ》づいていると、少し考えてから佳美が言った。

「最後に声が聞けてよかったわ。羊歯さん最近元気なかったし、気になってたんよ」

たぶん、すごく言葉を選んだのであろう佳美に胸をつかれる。

もしかして避けていたことさえ気づかれていなかったのでは、と易《やす》きに流れかけた思考を引っ叩かれる思いだった。

萎縮する心に、がんばって、と言ってくれた静香の声が蘇る。

がんばって。がんばって。

静香の声で自分を励まして、萌は一歩、教室に踏み込んだ。

「あの、あの……私、先生に謝りたいことがあって」

ともすると話しているそばから挫《くじ》けそうになる気持ちを必死に叱咤しながら、萌は佳美に全てを打ち明けた。

誤解していたこと。それがもとで避けていたこと。自分の臆病さも、全て。

走りながら考えていたこともあって、下手くそながらも途中で言葉を見失うことなくなんとか話し終えることができた。

「羊歯さんは勇気のある人やね」

ひとしきり話を聞き終えた佳美の感想は思ってもみないものだった。

戸惑う萌に佳美が真顔で告げる。

「たとえ誤解やったとしても、一度目を逸らした人ともう一度向き合うんは胆力がいることよ。私やったら見て見ぃひんふりして、知らんかったふりして、きっと忘れたふりをしたわ」

本当は、と佳美が痛がるような笑みを浮かべた。

「羊歯さんが私を遠ざけようとしていることには気づいとったんよ。理由は分からへんかったけど、私の顔を見るたび、しんどそうな顔するなあとは思うとって。なんべんか声かけようとはしたんやけどなぁ。踏み込みきれんかったんは、私の弱さや」

「そんなこと……」

それは佳美が自分より大人で、気分に左右されることなく適切な距離を保てるからだ。急に距離を詰めたり、突き放したりしない。萌からしたら、いつも通りに振る舞える佳美の方がずっと勇気があるように見えた。

四苦八苦しながらそんなことを訴えると、佳美が首を振った。

「それはね、大人やからって言い訳でズルした分の距離感や。羊歯さんの方がよっぽど誠実やったわ」

そうしていつもより深い笑みを刻むと、泣き出しそうな声で言う。

「私を諦めないでくれてありがとう」

ありがとう、という言葉がこんなに重みを持って響くものとは知らなかった。

身体中で反響するその言葉に感じ入りながら、萌はもう一つ伝えたかったことを口にした。

「わ、私の方こそ……たくさん気にかけてくださって、ありがとうございました。一番しんどかった時に、声をかけてくださって、ありがとうございました。見逃されなかったということが、どれだけ心強かったか分かりません。……先生がいなくなるのは寂しいけど、私……」

続く言葉を懸命に探す。できるだけ正確に今の気持ちを表現したかった。

「強くなります」

選び取った言葉に納得して、佳美の顔をしっかり見つめる。

「先生が褒めてくれた自分を、もう少し、信じられるようになります」

自分を大事にすることは、自分を大事にする相手を大事にすることと同じ。

そう教えてくれた静香を思い出しながら、萌は精一杯の決意表明をした。

「いややわぁ。今生の別れでもあるまいし」

潤んだ声に反して佳美が晴れやかに笑う。

「せやけどそんな風に言うてもろたら、教師冥利《みょうり》に尽きるわね」

柔らかく微笑む佳美につられて、萌も自然と顔が綻んだ。

あんなに頑《かたく》なに居座っていたしこりがいつの間にか押し流されて、体の中の風通しがよくなっていく。

ほっとした空気に身を任せていると、佳美が教卓の上に目を向けながら言った。

「それにしても、私が湯呑みを三つ使うてた理由を見抜いたいうその子、すごいわねぇ。日本人にとって日本茶は身近やけど、淹れ方となると知らん人の方が多いのに」

そうやわ、と何事か思いついた様子で佳美が萌に視線を戻す。

きらきらと瞳を輝かせた佳美が萌に向かって一歩、身を乗り出した。

「なあ羊歯さん、よかったらそのお店、連れて行ってくれへん？　扱っとるお茶にも興味あるし、私もその子に会うてみたいわ」

春休み初日の昼過ぎ。

前日と同じくよく晴れた空の下、ＫＡＯＲＩ茶寮の引き戸を前にして、萌は居住まいを正した。

連れて行って、と言われたものの、佳美とは住まいが真逆だ。結局現地で待ち合わせることになったのだが、プライベートで人と待ち合わせるなんて初めてのことで、心が落ち着かなかった。

「よし」

小さく気合を入れて縦格子の引き戸に手を掛ける。

カラリ、と軽い音がして戸が開いた。

「あれ、なんや可愛らしい子が来たわ」

店に入ろうとしたところで予想外の人影にぶつかりそうになった。

入り口にそびえ立っているのは豊薫でも静香でもない、知らない人だ。

プードルのようにふわふわで明るい髪。豊薫より高い上背。両耳のピアスホールの多さとタレ目がいわゆる陽キャっぽさを醸し出している、大学生くらいの男性だった。

「わー、女子高生やん。珍しいなぁ。よう見つけたはったな、こんな最果ての店」

興味津々と言った様子で、青年が人懐っこそうな顔を近づけてくる。

パーソナルスペースがやたらと狭い人だ。

人見知りにとっては圧倒される距離感で、萌は思わず逃げ腰になった。

「ちょっと、どいて。それ俺のお客さん」

聞き覚えのある声がしたかと思うと、のっぽのプードルを押しのけて静香が顔を出した。

スカイブルーのフード付きパーカーに夜色の瞳。見知った顔を確認して、萌は少しほっとした。

「え、何やの。しーちゃんの友だち？　嘘やん、しーちゃん友だちいたんか……。はっ、まさかカノ」

「祐輔《ゆうすけ》うるさい。あっちに行ってて」

邪魔、邪魔、と静香が青年の体をぐいぐい押しやる。

体格差があるせいでびくともしない祐輔が、あははは、と楽しそうに笑って両足を踏ん張った。

「力ないなぁ、しーちゃん。もっと日光に当たらな、もやしになってしまうよ」

「楽しそうですね、祐輔くん」

祐輔の肩を叩いたのは和装姿の豊薫だ。グレーの着流しに黒い柄帯がよく似合っている。

騒ぎに気づいて奥から出てきたようで、目だけで萌に挨拶すると、すぐさま祐輔に向き直った。

「暇なら換気扇の油取りを手伝ってくれてもいいんですよ。君、この間うちのバカラのワイングラス、割ったでしょう」

忘れてませんよ、と豊薫がにっこり笑って圧をかける。

怖気づいた祐輔が尻尾を巻いた犬のように体を縮めた。

「いやいやあれはわざとやないって……豊薫さんも知っとるやろ。それに俺、お客さん」

「注文しない客は客じゃない」

珍しくぴしりと言い放って、豊薫が祐輔を連行していく。……猛獣使いみたいだ。

呆然《ぼうぜん》と見送っていると、はあ、と静香がため息をついた。

「あの人はここの路地の住人で、用もないのにああしてよく遊びに来るんだ」

「な、なるほど……」

嵐のような人だったが、おかげで緊張がほぐれた気がする。

気を取り直して、萌は来店の意図を告げた。

「えっと、今日は待ち合わせで……」

「もしかして、先生？」

一足飛びに核心をついて、静香が確認する。

「話せたんだね」

うまくいったの？　とか、どんな話をしたの？　なんてことはわざわざ聞かない。

約束をしたということが全ての答えだ。そう言わんばかりに、静香は一人、納得したような顔をした。

「は、はい、あの……」

報告を、と思ったところで閉めたばかりの戸が開く。

「あら、羊歯さん。よかった。ちょうどいいタイミングやったみたいね」

その場が華やぐような明るい笑顔を見せたのは、佳美だ。

「いらっしゃいませ」

祐輔を洗い場に残して戻ってきた豊薫がにこやかに応対する。静香はといえば、いつの間にか背を向けてソファ席に向かっていた。

「萌さんのお連れさまですか」

「えっと、はい」

「話聞いたら来てみとうなりまして」

声は豊薫に向けながらも、佳美の目は商品棚を眺めている。

「ええお店やねえ。私、日本茶好きなんですよ」

わざわざ湯冷ましして飲むだけあって、佳美は本当に日本茶が好きらしい。

食い入るように一つ一つのパッケージを凝視する佳美に、豊薫が心なしか嬉しそうに説明した。

「当店は日本茶専門店ですので、煎茶を中心に様々な日本茶を取り揃えております。分からないことがありましたらお尋ねください。お好みを言っていただけましたらお勧めもできますので」

「この商品名の頭についているSって、もしかしてシングルオリジンのことやろか」

さっそく質問した佳美が指差しているのはパッケージの商品名の頭に控えめにつけられたSのシールだ。

佳美の指摘に、豊薫がにこにこと答えた。

「その通りです。Sマークのついているものがシングルオリジン、ついていないものが合組茶ですね」

「せやけど、生産者名の表記がないわねぇ」

「はい。農園に配慮して、うちではメニューに載せるのは生産地までとしています」

会話についていけずにいる萌に、豊薫が解説してくれる。

「合組茶が普及している日本茶には、シングルオリジンを個体識別するための名称がないんですよ。例えばよく耳にするやぶきたなどは品種名で、それだけでは誰がどこで作ったものなのか分かりません。商品名として特別な名称をつける場合もありますが、複数の違うお茶に同じ名前がついてしまうこともあって紛らわしいのが現状です。ですからシングルオリジンには農園の名前や場所、それに製作者の名前を記すことが多いんです」

なるほど。最近スーパーで見かけるようになった誰々さんちのにんじん、とかそういうものに似ているのだろう。生産者の個人情報が、すなわちブランドになっているのだ。

それにしても、と佳美がメニューを眺めて感心する。

「ええお茶ばっかりよう集めはりましたねぇ。しかも村上茶《むらかみちゃ》やら土佐茶《とさちゃ》やら、嬉野茶《うれしのちゃ》まで全国網羅や」

「お許しいですね。変わったところだと日本茶で作った紅茶や碁石茶《ごいしちゃ》なんかもありますよ」

「まーマニアックやわぁ」

嬉々《きき》としてお茶の話を繰り広げる二人は、生き生きとして楽しそうだ。

水を差さないようそっとその場を離れると、萌は昨日と同じ席で文庫をめくっている静香の席に向かった。

「静香さん」

声をかけると視線が上がる。目だけで「なに？」と問いかける静香は、相変わらず言葉少なで待つのがうまい。

「あの、ありがとうございました。ちゃんと謝って、お礼を言うことができました」

そんなことはとうに分かっていただろうが、自分の口から報告したかった。

「よかったね」

短い言葉で静香が萌を労《ねぎら》う。

「静香さんのおかげです。ここへ来れなかったら私、きっと今日も泣いているだけでした」

ぱちくりと目を瞬《しばたた》いたかと思うと、静香が怪訝そうに首を傾げた。

「励ましたのは豊薫でしょ」

「も、もちろん豊薫さんにも感謝しています。でも、本当のことを見抜いてくれて、勇気をくれたのは静香さんです。先生が認めてくれた私を自分でも信じてみようって思えたから、私、頑張れたんです」

懸命に謝意を訴えていると、静香の顔がみるみる赤くなった。

表情を隠すように、静香がフードを深く被る。

「……べつに。俺は分かったことを言っただけ」

蚊の泣くような声で謙遜した静香に、そんなことはない、と言い募れるほど萌は神経が太くなかった。

動揺する静香にうろたえて、口をつぐむ。

息が詰まるような気まずさが漂う中、立て直したのは静香の方が早かった。

「春ひかり」

はっきりと発音した静香がちらりと萌を見上げて言う。

「何を飲むか決めていないなら《春ひかり》を飲んでみるといいよ。せっかくだから、煎茶以外でも宝瓶を使うお茶を試してみたらいいと思う」

フードの下から覗く静香の顔色はもう元に戻っていた。

脈絡のない話題は静香なりの気遣いなのだろう。萌はありがたくそれに縋《すが》った。

「……私、日本茶ってこんなに味わい深いものだと知りませんでした。一つのお茶でも淹れ方一つで全然違う味になるし、すごく興味深いです。今まで身近にあったものが全然違うものになったみたいで……とっても好きになりました」

好き、という言葉にフードの下から覗く静香の口角が嬉しそうに上がる。きっと豊薫に負けないくらい、静香も日本茶が好きなのだ。

好きなものを褒めてもらうと嬉しくなる気持ちは、萌にもよく分かった。

「羊歯さんが自分からあないに喋るとこ、初めて見たわぁ」

いつからこちらを見ていたのか、佳美が感嘆の声を上げた。

「静香も彼女に対してはよく喋りますよ」

すかさず話題に乗った豊薫が、ますますフードを深く被る弟を眺めて笑う。

「間合いがいいのかもしれませんね。一方は言葉が少ないし、一方は勘がいいし。どちらも相手を待てるから」

待つかぁ、と佳美が感慨深げに頷いた。

「それは耳が痛なりますねぇ。私ら教師はいっつも時間に追われて、子どもらを待つことって難しいから。急《せ》かすことはあってもね、待つって難しいんですよ」

そう言ってこちらに歩み寄る。関心を向けられた静香の肩がにわかに強張った。

「あなたがいたから、羊歯さんは勇気を出せたんやね。おおきに、ありがとう」

真っ直ぐに謝意を述べられて、静香が視線をさまよわせる。感謝されることに慣れていないようだ。

「可愛らしい子やねぇ。羊歯さんが警戒心解くのも分かる気ぃするわ。あなたたち二人とも、とってもいい組み合わせに見えるわよ」

まとめて俎上《そじょう》に上げられて、萌もなんだか居心地が悪くなる。

もじもじと押し黙った二人の子どもを眺めてから、豊薫がぽんと手を打った。

「そうだ。お茶に興味が湧いたなら、うちでアルバイトしませんか。知識も増えるし静香の話し相手も増えるし、一石二鳥」

「そらええなぁ。羊歯さんそうしなはれ。趣味もできて友だちもできて一石二鳥や」

「え、え」

二人掛かりで進められて萌はうろたえた。瞬時に返答を迫られる事態は苦手だ。

どうしよう、どうしよう、と困っていると、小さなため息が割って入った。

「豊薫、萌に《春ひかり》を淹れてあげてよ」

フードで顔を隠したまま、もそもそと静香が話題を逸らす。

おや、と興味深そうに静香を見下ろした豊薫がそれでも話を合わせてくれた。

「なるほど玉露だね。どうします？」

「お、お願いします」

他に希望を出せるほどお茶について詳しくないし、何より静香が勧めてくれるお茶なら飲んでみたかった。

「その《春ひかり》ってどんなお茶ですやろか」

やりとりを聞いていた佳美が興味を惹《ひ》かれた様子で豊薫に問う。

豊薫が水を得た魚のように朗々と説明した。

「《春ひかり》は京都府宇治田原《うじたわら》で制作された玉露のシングルオリジンです。山のものですが海産物を思わせる風味があって旨味を強く感じるお茶ですね。渋味やえぐみがほとんどないので誰にでも飲みやすいと思いますよ。玉露は茶葉が柔らかいですから飲み終わった後におひたしのように食べることもできるんです。粗塩をつけますので、最後に召し上がってみるのも楽しいでしょう」

茶葉を食べる。驚きの情報に萌も心がはずんだ。

「ええなぁ。そやったら私も同じものをお願いします」

「承知しました。静香はどうする」

「うん」

うん、は「飲む」ということだろう。

弟の返事を確認して、豊薫が楽しそうにキッチンに入っていった。

ややあっておずおずと静香がフードを取り払う。

「座れば」

相席をどうぞ、ということらしい。思わず顔を見合わせた佳美が、ふふと笑って「ほな、およばれしましょか」とソファに座った。

雑談する佳美。

我関せずの顔で文庫に目を落とす静香。

お茶を準備する豊薫。

暖かな日差しが差し込む茶寮で、萌はわくわくしながらお茶が出てくるのを待った。

二章　碧天《へきてん》のマリアージュ

「えっ、うわぁ」

口に含んだお茶の香り高さに驚いて、萌《もえ》は思わず感嘆の声を上げた。

甘い匂い。とろみのある旨味。その中に、ほのかに木の皮のような香りが混じっている。何だろう？　嗅いだことのない匂いだ。

小さな器の中の香りを確かめようとする萌を見て、涼やかなうぐいす色の着流しを身につけた豊薫《ゆたか》が楽しそうに笑った。

「反応がいいと嬉《うれ》しくなりますね」

帯は黒地に青の染め抜きで大きな花柄が描かれている。大胆なコーディネートをさらりと着こなした豊薫が歳《とし》の離れた弟に「ねえ」と話を振った。

ちらりと視線を上げた静香《しずか》はしかし、うんともすんとも言わずにお茶で口を塞いでいる。

五月。汗ばむような陽気が続くようになった、梅雨入り前の休日。

開店準備を終えたばかりのKAORI茶寮で、豊薫が仕事前の一服を淹《い》れてくれていた。

春先にあった《桜ほのか》の一件後、豊薫から改めてバイトに誘われた萌は、土日中心のシフトで店に出入りするようになっていた。

主な仕事は掃除と洗い物。それからたまにお会計。注文取りではお茶について尋ねられることもあるので、今はまだ勉強中だ。

「これ、何ですか？　なんだか不思議な香りがします。茶葉は煎茶のように見えましたが……でもちょっとくるくるしてたかな」

抽出の工程を思い出しながら首を傾げる萌に、豊薫がにこにこ答えてくれる。

「よく見ていましたね。このお茶は《釜《かま》炒《い》り山もえぎ》といって、鹿児島県伊集院《いじゅういん》の茶園がはるもえぎという品種で作った、釜炒り茶のシングルオリジンなんです」

「釜炒り茶……」

聞き慣れない言葉だ。

エプロンのポケットからメモ帳を取り出すと、萌は聞いたばかりの言葉を書きつけた。

萌の装いはコットンシャツに黒い綿パン、それに黒い腰下エプロンだ。

慣れてきたら和装にチャレンジしてみてもいいですね、と豊薫は言うが、今のところ彼のように優雅に振る舞える自信はない。

「煎茶は一般的に蒸して製茶しますが、釜炒り茶は釜で炒ることで製茶します。中国から伝わった伝統的な製法ですが、やがて煎茶が普及するにつれて少なくなっていきました。よじれた勾玉《まがだま》のような姿が特徴のお茶ですね」

意図的にゆっくりとした口調で話すのは、メモを取る萌のペースに合わせているからだ。

筆記が追いついたのを確認してから、豊薫が説明を足した。

「萌さんが感じた不思議な香りというのは、『釜香《かまこう》』と呼ばれる釜炒り茶特有の香ばしさでしょう。高温の湯で淹れるとこの風味がより引き立つのですが、同時に渋味も抽出されますので、今回は低温でじっくり淹れてみました」

釜炒り。中国伝来の伝統的な製法。釜香。

教えてもらった情報を夢中でメモする。日本茶にこんな多様性があるなんて。

テーブルの上に並べた茶器を示して豊薫が続けた。

「中国由来ということで茶器も中国茶を淹れる際に使うものを出してみました。この蓋つきの茶碗は蓋碗《がいわん》という中国の茶器です。宝瓶《ほうひん》にも似た形状のものがありますが、大きな違いはくちばしがないことですね。うちでは茶海《ちゃかい》と呼ばれるガラス製のピッチャーにお茶を全て注ぎ切り、茶杯《ちゃはい》と呼ばれる小さな茶碗に注ぎ足しながら飲む方法をとっていますが、中国では茶葉と湯を中に入れた後に蓋を少しだけずらして、直接飲むそうです」

なるほど。だから茶器の下に受け皿があるのか。

宝瓶にしては見慣れない姿だと思っていたのだが、カップとして考えれば自然な姿だ。そういえば青磁の肌に浮き彫りで描かれた模様は龍を模している。日本でもよく使われるモチーフだが、中国茶器と言われればらしい気がした。

「はー……」

お茶だけではない。茶器にも色々な種類があるのだ。

情報量の多さに圧倒されていると、静香が短く助言した。

「結局、巡り合ったお茶をよく見て、試すのが一番いいよ」

人間と同じ。そう付け加えた静香の言葉が、なんだか胸の奥にしっくりはまった。

トレードマークになっているフード付きパーカーを身につけた静香は、小さな茶杯を両手で持ちながらぼんやりお茶を眺めている。眠そうな半眼はまさしく寝起きだからで、萌が来店した時、静香はいつもの席で豊薫の肩にもたれて眠っていた。

時々夜に寝付けなくなることがあるらしく、そういう時は翌日になるといつの間にかひっついてきてそのまま寝入ってしまうのだ、と豊薫が小さく笑いながら教えてくれた。

結局あれこれと雑談している間に静香が目を覚まし、動き出した豊薫と一緒に店内を整えてから勉強を兼ねた一服を淹れてもらっている次第だ。

「お邪魔やろうか」

ふいに別の声が店内に飛び込んできて、萌はびくりと肩を震わせた。

心の準備がないところへ予期しない音が投げ込まれると必要以上に驚いてしまう。固まってしまった萌の横をすり抜けて、豊薫が店先に向かった。

「おはようございます、慶《けい》さん」

豊薫が迎え入れたのはこの狭い路地に住む住人の一人で、細川《ほそかわ》慶という女性だ。

萌が初めて茶寮に訪れた際にカウンターに座っていた人で、二十六歳だという豊薫より二つほど歳下の友禅染作家である。

茶寮のニッチに季節ごと飾られる染め布は慶の手によるものだと最近知った。

友禅は、細かい工程ごとに専門の職人が分業で一枚の反物《たんもの》を仕上げる伝統工芸だ。しかし慶はそれを全て一人でこなしているという。

職人というよりはアーティスト。

常に友禅のことが頭を占めているようで、何日も引き篭ったり、自分の世界に没頭しすぎて他のことが見えなくなったりすることがある。

一度、路地ですれ違った時に挨拶を返してもらえず落ち込んだことがあったが、「そういう時は魂がこちら側にいないいんですよ」と豊薫が教えてくれた。

おしゃれもせず、化粧っ気もなく、それを隠すように大きなマスクをつけているが、目鼻立ちだけでも綺麗《きれい》な顔立ちであることは分かる。

そんな慶はお茶を飲むのとは別の目的で、ふらりと茶寮にやって来ることがあった。

「いつも押し付けて悪いんやけど、お菓子作ったし、持ってきたんよ」

そう言って慶が豊薫に押し付けたのは小さな紙袋だ。中にはきっと手作りの和菓子が入っている。

お菓子作りが趣味らしい慶は、こうして時折、作りすぎた甘味を茶寮に差し入れに来るのだ。

「いえいえ、こちらこそいつもありがとうございます。――わあ、大福だ」

美味しそうですねぇ、と紙袋を覗《のぞ》き込む豊薫に慶がほっと笑みをこぼす。その顔がずいぶんくたびれて見えて、萌は心配になった。

ざっくりと一つにまとめられた髪は手入れがされておらず、マスクから覗く目の下には隈《くま》ができている。気のせいか肌艶も悪いように思われた。

「慶さん、大丈夫でしょうか」

二人のやりとりを遠目に眺めながらぽつりとこぼすと、静香が顔を上げた。

「あ、えっと……最近、慶さんがお菓子を持って来てくれる回数が増えている気がして。それも、持って来るたびになんだかしんどそうな顔をしているので、気になって……。もしかして、お菓子を作ることで忘れたい悩みでもあるんじゃないかと思ったんです」

気晴らしにお菓子を作る。だけど気が晴れないから、何度も、何度も繰り返し作る。考えすぎだろうか。しかし紙袋を渡した慶は、自分では持ちきれなくなった荷物を預かってもらったような顔をしていた。

「よく気がついたね」

感心したように静香が一度、瞬《まばた》きをする。

「俺は気がつかなかったけど、つい最近豊薫が同じことを言っていた。ほとんど交流がないのに、萌はすごい」

気にしすぎ。考えすぎ。神経質。

一笑に付されることの多い萌の感覚を、静香はいつもまるごと受け止めてくれた。

当たり前のように耳を傾けて、当たり前のように嚙《か》み締める。

その姿勢は萌に少しずつ勇気を与えてきたようで、静香の前では思ったことをそのまま口に出せるようになっていた。

つまずきがちな萌の言葉を急《せ》かさず待ってくれるのも大きい。

こんな風に話が途切れた時、無理に会話を続けようとしないところも萌を安心させた。

心地よい沈黙に身を委ねていると、再び店頭のやり取りが聞こえてきた。

「本当は洋菓子の方が得意なんやけど、ここ日本茶専門店やしなぁ」

「日本茶には洋菓子も合いますよ」

にっこり笑って豊薫が請け負う。

「和菓子は茶席用に発達した歴史がありますから、基本的には抹茶に合うように作られているんです。ですから必ずしも他の日本茶と相性がいいというわけではありません。お茶の個性によっては、洋菓子の方が合う場合もあるんです」

「へぇ、そうなん」

「はい。今度ぜひ試してみましょう」

暗に「洋菓子を持ってきても大丈夫ですよ」と伝えた豊薫に、慶が少し笑った。

「疲れてますね」

紙袋を片手に持ち直して、豊薫が慶を覗き込む。

「お菓子作りもいいですけど、しっかり休んでくださいね」

言いながら、利き手の甲でマスク越しに慶の頰に触れる。

突如、ものすごい勢いで慶が後退さった。

店の壁にへばりついた慶の顔は、マスクで隠されていても分かるほど真っ赤だ。

「すみません、つい。弟にやる癖で」

にこにこと悪びれもせずに豊薫が宙に浮いた手を引っ込める。

引き合いに出された静香はソファに埋まりながら迷惑そうな視線を兄の背に送っていた。

「何か飲んでいきますか？」

「……や、今日はこの後、師匠の家に行く用があって……」

「ああ、東山《ひがしやま》の『いけずでしかついお師匠さん』」

「よう覚えてはりますね」

何事もなかったように話を振る豊薫に飲まれる形で慶が受け答えする。

何となくそれ以上眺めているのが憚《はば》られて、萌は大人たちに背中を向けた。

「あ、そうだ」

静香に向き直ったところで、ふと思い出す。

「あの、ずっと聞こうと思っていたんですけど」

居住まいを正して話しかけると、静香の黒曜石によく似た瞳が萌を捉えた。

「えっと……ものすごく今更なんですが、《桜ほのか》の一件のお礼がしたくて」

「お礼？」

「はい」

実のところ、萌はすでに何度も静香へのお礼を見繕うため街へ繰り出していた。

しかし何を選んだらいいか分からず、迷い続けた挙句に二ヶ月も時を無駄にしてしまったのだ。

「その、静香さんの好きなものとか、欲しいものを教えてもらえたら……」

「お礼ね」

口の中で呟《つぶや》いて、静香が萌をじっと見つめる。

「じゃあ、それやめて」

飛び出してきた要求は予想外のもので、萌は一瞬、意味を摑《つか》み損ねた。

「その『静香さん』てやつ。あと敬語。俺とそんなに歳変わらないでしょ」

「十六ですけど……」

学年で言えば高校二年に上がったばかりだ。

ふうん、と相槌《あいづち》を打った静香が「じゃあ俺の一つ下だ」と返す。

「で……でも、あの、学校では先輩には敬語を使います」

「俺は萌の先輩じゃない」

「や、雇ってもらってるお店の人だし……」

「俺が雇用してるわけじゃない」

「うう」

正論すぎて返す言葉がなくなる。しかし、呼び方を変えて敬語を外すというのは萌にとってハードルの高いことだった。

「変にかしこまられたら居心地悪いよ」

そういえば静香は基本的に誰に対しても敬語を使わない。よく知らない人を除けば名前に敬称もつけなかった。年齢差や性別は静香にとってあまり意味のないもののようだ。

無言の圧で促され、萌は観念してこの要求を承諾した。

「ぜ、善処――する」

「うん」

ものすごく努力して敬語を外した萌に、「名前もね」と静香が釘《くぎ》を刺す。そのままじっと見つめてくるので、今呼べ、ということだろう。

「……し……しずか…………くん」

迷いに迷って敬称を「くん」に変えると、静香が満足そうに微笑んだ。

――疲れる。

言葉遣いを直して名前を呼んだだけなのに、だいぶ体力を消耗した気がする。

すっかり気の済んだらしい静香は手元の文庫を開こうとしていた。

「あ、あの」

もう一度静香の注意を引いて、食い下がる。

「やっぱり、何かお礼がしたいです」

ここまで来ると自己満足のような気もするが、できれば静香に喜んでもらえるようなものを形として贈りたかった。

目元だけで苦笑すると、静香がちょっと肩を竦《すく》めた。

「しかついやつやなぁ」

「え、何ですか」

「敬語に戻ってる」

指摘されて口をつぐむ。癖になっているのだ。

「うーん、そうだな……」

静香が本格的に考え込む体勢になる。

何でもいい、というオーダーでは萌が困ると分かっての熟考だろう。

「それじゃ、写真撮ってきて」

「写真？」

これまた意外な要求が来て、萌は大いに戸惑った。

背後で豊薫が慶を送り出す声が聞こえる。話が切り上げられてしまうことを恐れて、萌は慌てて詳細を尋ねた。

「な、何の写真を撮ってくればいい……いいの」

「何でもいいけど——あ、そういえば萌は東京出身だったよね」

「え、うん。中学卒業までは」

「修学旅行は京都・奈良？」

「うん」

そう、と頷《うなず》いた静香が思案げにどこか遠くを見つめる。

「じゃあ、萌が修学旅行で行った場所の中から、一番好きだった場所を撮ってきて」

「好きな場所って……法隆寺《ほうりゅうじ》とか清水寺《きよみずでら》とか、あとは市内の有名な神社仏閣を巡ったくらいで……。京都に住んでいる人にとっては珍しくもない場所ばっかりだよ」

そんなことでお礼になるのかと訝《いぶか》しんでいると、戻ってきた豊薫が口を挟んだ。

「ああ、僕も静香も、出身は関東なんですよ。神奈川の、海の方。京都には二年ほど前に移り住んで来たんです」

「え」

思いがけない打ち明け話に驚く。そういえばこの二人は京訛《なま》りがない。

ぽかん、と呆《ほう》けていると、豊薫が更にとんでもない事実を口にした。

「この家は昔、祖父母が住んでいたものなんです。祖父が亡くなった後、祖母は神奈川で同居するようになりましたから、しばらく空き家になっていたんですけど……。二年前火事で両親を亡くした時、立て続けに祖母を亡くして、路地一帯の所有権とともに僕が引き継いだんです。路地に住む人たちにとっては大家さんてとこですね。ちょうど静香が中学三年生の時のことで……そうか、あれは修学旅行中のことだったから、結局京都はたいして回れないまま神奈川に帰ってきてしまったんだな」

最後の方は独り言だろう。痛がるような笑みを浮かべて豊薫が黙った。

「え、えっと」

路地一帯の所有権？　いや、それよりも。

「す……すみません……」

狼狽《ろうばい》して謝ると、怪訝《けげん》そうに静香が眉を上げた。

「どうして萌が謝るの」

「だ、だって……。そんな大事なこと、私が聞いてもよかったことですか」

二年前に、両親と祖母を。

それはこんな形で何気なく耳に入れていいことだったのだろうか。

恐縮して喋《しゃべ》り方がすっかり元に戻ってしまった萌を眺めると、静香が肩で息をついた。

「豊薫が勝手に喋ったことでしょ」

どうしてくれるの、と責めるような眼差しで静香が豊薫を見上げる。

困ったように笑って、豊薫が弁明した。

「すみません。驚かせてしまいましたね。薄々気がついていると思っていたもので」

勘違いだったかな、と豊薫が眉を下げる。

言われてみればこの家には兄弟以外に生活している者の気配がない。

裏口に揃《そろ》えられている靴はいつも二人分だったし、傘の数も家族分としては少なかった。

「萌は勘がよすぎるから」

ソファに沈み込みながら静香が所感を述べる。

「きっと相手の踏み込まれたくない部分に気づくと、無意識に遠ざかってしまうんだよ」

優しいからね、と静香は加えたが、目を逸《そ》らすことは優しさだろうか。

複雑な思いで固まっていると、静香が豊薫にそっくりな表情で困ったように笑った。

「そんなに傷つかないでよ。別に知られたくないと思っていたわけじゃないんだ。何も聞かれないのが楽だったから、黙っていただけ」

そして改めて「お礼をくれるなら写真がいい」とリクエストすると、今度こそ手元の文庫を開いて静香が沈黙した。


古き良き風情の残る産寧坂《さんねいざか》を上って清水寺を目指す。

写真が欲しい、と言われてから一週間後の土曜日である。

珍しくおやつ時からという遅めのシフトに入っていた萌は、日中の時間を利用して中学時代の思い出の場所に来ていた。

三十三間堂《さんじゆうさんげんどう》、鴨川《かもがわ》、建仁寺《けんにんじ》、八坂《やさか》神社。修学旅行では様々な名所に足を運んだが、どこか一つに絞るなら、やはり清水寺は外せない。

およそ一二〇〇年前に創建された清水寺は、十一面千手観音菩薩《せんじゆかんのんぼさつ》をご本尊に頂いた国宝と重要文化財の宝庫である。

度重なる火災に遭いながらも幾度となく再建され、一九九四年にはユネスコ世界文化遺産「古都京都の文化財」の一つとしても登録された。

ガイドブックに必ずと言っていいほど載っている寺院で、海外からも毎年多くの観光客が訪れる京都の顔だ。

坂を登り切って最初に現れた真っ赤な仁王門《におうもん》にスマホを向ける。

屋根の反り返りが最高にカッコいいこの門の別名は、『目隠し門』。清水の舞台から京都御所を見下ろさないよう、視線を遮る役割を担っているそうだ。

パシャリ、とシャッター音を鳴らして仁王門を撮影する。

たった今撮った画像を写真アプリで編集すると、萌は出かけに母から借りてきた携帯用フォトプリンターをバッグから取り出した。

Bluetoothで画像を送ることしばらく。やがて画像の印刷された感熱紙が出てきた。

少し荒いが、綺麗に撮れている。

チェキのようにお手軽に写真プリントができるこの機械は、萌のお気に入りだった。

写真はシールになっていて、好きな場所に貼ることもできる。画像をそのまま送るのもいいが、現像したものを一緒に眺めるのも楽しいかな、と思ってこの方法を選んだのだ。

まずまずの写真写りに満足すると、萌は境内の中へと足を踏み入れた。と、そこへ。

「あ」

「……こ、こんにちは」

逸らしようのないほどばっちりと目が合ってしまったのは、友禅染作家の慶だ。

萌の方に一瞬間が生まれたのは、慶がいつもつけているマスクをしていなかったためである。

「ＫＡＯＲＩ茶寮のアルバイトさん」

「羊歯《しだ》萌です」

まともに話をするのはこれが初めてだ。

顔見知り程度の相手とどんな話をすればいいのか分からずにいると、慶が先に口火を切った。

「何してはるの？」

差し出された話題にはっとして、事情を説明する。

「えっと、今日は遅めのシフトなので、その前にここへ……」

「そういうたら今日、ご両親の月命日やって豊薫さん言うてはったなぁ」

「月命日」

そうや、と頷いた慶は、朝方いつものようにお菓子を差し入れに行った時にそのことを聞いたという。

「ご祖父母が京都の出身らしゅうて、家族のお墓はこっちにあるんやて。月命日いうたら普通一年くらいで行かなくなるもんやけど、豊薫さんはいまだに毎月行ってはるみたいね」

そうか、お墓参り。

シフトが遅かったのはお店自体を閉めているからなのかと気づいて、萌はしんみり押し黙った。

「そんで萌ちゃんは空いた時間にお寺参り？　なんや写真撮ってはったみたいやけど」

「あ、そ、それは」

慣れない人との会話に緊張しながらも必死にへたくそな説明を組み立てる。

静香と話す時とは勝手が違って、合間に質問されたり確認されたりを繰り返しながら、なんとか一連のことを説明する頃には、じっとり汗をかいていた。

「つまり、静香くんのために清水さんを撮りに来たわけやね」

一言でまとめて、なるほどなぁ、と慶が納得する。

「……で、でも。二年も祇園《ぎおん》に住んでいる人に清水寺って、やっぱり面白くないですよね」

萌にとっては思い出の場所だが、静香にしてみれば近所のお寺だ。

自分のチョイスに自信がなくて、萌は知らず視線を下げた。

「もっとマイナーな場所や……せめて離れた名所を選べばよかったかも……」

「そんなことないわ」

言いながら慶が仁王門を見上げる。

「あの路地門から出られんのやもん、静香くん。近くても遠くても、あの子にとっては新鮮やろ」

「え」

路地門から出られない？

どういう意味だろうと固まっていると、しまったと言わんばかりに慶が視線を逸らした。

「あの、慶さん」

「かんにん、萌ちゃん。忘れて。まさか知らへんと思わんかったんよ」

これ以上は話せないと線を引かれて、萌は問いかけの言葉をのみ込んだ。同時にいくつかのことが頭の中に蘇《よみがえ》る。

路地門を出たの？　と不自然に驚いた豊薫。

終業式を推測した静香。

地元である京都の写真をわざわざ所望したこと。

それから……そうだ。静香はいつも茶寮にいた。

常に豊薫とセットで目にしていたので気にも留めなかったが、よく考えるとこれは変だ。

静香自身が口にしたように、彼は店の従業員ではない。授業や部活、友人との約束などで茶寮にいないことがあって然るべきなのに、静香は一度だって違わずにあの席に座っていた。

——もしかしたら。

その可能性に思い至って、萌は思わず息をのんだ。

もしかしたら静香は、本当にあの路地門を出られないのではないか。比喩ではなく言葉通り、門の外に踏み出せないのでは……。

学校にも行かず、だからいつも私服で、だからいつも店にいる。

なにやら重要なことに気がついてしまった気がして、萌はその場に立ち尽くした。

「えーっと、西門でも見に行く？　ちょうど私も時間が空いたとこやったし、よかったら案内するわ」

深刻な空気に責任を感じたのか、慶が案内を買って出る。

呆然《ぼうぜん》と頷きながらも、萌は思いついたばかりの仮説にしばし囚《とら》われていた。

「西門はなぁ、日が落ちる頃にここから洛中を眺めると極楽浄土を思わせるほど美しかったことから、夕日を眺めて悟りを得ようとする『日想観《にっそうかん》』っちゅう修行が行われた場所なんよ。そやけど、写真撮るなら三重塔も入るように下から撮るアングルがお勧めや」

促されるまま、萌は西門を正面から見上げるアングルでスマホを構えた。

こうして見ると三重塔が重なって、一つの御堂のように見えるのが面白い。

「うまいこと撮ったわねぇ」

プリントアウトした写真を覗き込むと慶が褒めてくれた。

褒められるのは単純に嬉しい。

先ほど感じた仮説への衝撃は未《いま》だ胸の内に居座っていたが、せっかくなら静香が楽しめる写真を撮ろう、と萌は気持ちを切り替えた。

鐘楼《しょうろう》、経堂《きょうどう》を眺めて随求堂《ずいぐどう》に至る。真っ暗な堂内を壁に張り巡らされた数珠を頼りに進む『胎内めぐり』ができるのだが、写真には撮れないので今回は見送った。

「萌ちゃん、こっち」

音羽山の崖に建設された本殿は観光客でいっぱいだった。

はぐれそうになる萌を手招きして、慶が有名な清水の舞台へと進んでいく。

高さ十三メートルの桧《ひのき》舞台に立つと、目の前に広がったのは絶景だ。

「わあ」

新緑の山々から覗く真っ赤な子安塔《こやすのとう》。遠くに臨む京都市内。

一度見たことのあるはずの場所なのに、季節が違うせいか新鮮な印象を受けた。

「あれが清水さんの由来になった音羽《おとわ》の瀧や」

慶が足の竦むような眼下を指差す。恐る恐る下を見ると、人々が柄杓《ひしゃく》を手に三つの筧《かけい》から垂れる水を受けている姿が見えた。

「清水さんの御本尊は十一面千手観世音菩薩や。千ていうのは無限の数量を表す数字で、その手にそれぞれ持った持物《じもつ》で、文字通り手を替え品を替えあらゆる人々を救済するって考えられてんのよ」

「へえ」

舞台の上を爽やかな薫風が吹き抜ける。

慶の解説を聞きながら、萌はぱしゃりと一枚写真を撮った。

一通り境内を写真に収めた帰り際、ふと思い出したように慶が足を止めた。

「萌ちゃん私、地主《じしゅ》神社寄りたいんやけど、ええ?」

「はい」

快諾すると、仁王門に向かっていた慶が踵《きびす》を返した。

再び本堂まで戻るとこれを追い越し、左手に見える鳥居に向かう。

鳥居の前には『えんむすびの神』『良縁祈願』『縁』と、とにかく良縁推しの看板が並んでいた。派手な看板と鳥居、それに木々の緑がなんだか絵になる光景だ。

「地主神社はえらい昔にできた神社でなぁ。清水さんよりずっと前、神代の時代からあって言われとるんよ。主祭神が大国主命《おおくにぬしのみこと》やから、縁結びのご利益が有名やね」

階段を登って手水舎《てみずしゃ》で両手を清める。更に石段を上がると、二つの石の間を若い女の子たちが楽しげに行き来している姿が見えた。

「あれ何ですか」

修学旅行の際には立ち寄らなかったので記憶にない。

「ああ、『恋占いの石』やね。目ぇつぶったまま対になっとる向こうの石までたどり着けたら恋が叶《かな》うって謂《いわ》れがあって、ああして並ぶ子がおるんよ。誰かの手ぇ借りてたどり着いたら、恋愛も人の助けによって成就するとか。古い古い時代には目隠しして目的のものまでたどり着けるかどうかで物事を占う方法があったらしゅうて、スイカ割りなんかはその名残っていわれてるわね。なんや、やってみたいの」

「い、いいえ。そういうわけでは」

そもそも叶えたい恋の相手がいない。

激しく首を振る萌にちょっと笑って、「私もようやらん」と慶が呟いた。

「迷信でも、うまくたどり着けんかったら凹《へこ》むもん。ただでさえ望み薄やのに」

誰かを想定した物言いに、片思いの相手がいるのかなとこっそり思う。

本殿にお参りを済ませると慶がお守りを見に行った。

どうやらお目当てはここのお守りらしい。

「これお願いします」

慶が求めたのは青と赤のお守りがセットになったものだった。

市松模様の地に「幸」の文字が入った可愛らしいお守り……なのだが、気になるのはカップル用のお守りということだ。

片思いだと思ったのは勘違いだったのだろうか。

萌の視線に気づいた慶が、照れくさそうに弁解する。

「私のやないねん。豊薫さんのや。ちょっと前に離れて暮らしとる妹が遊びに来てな。茶寮でお茶したんやけど、そん時妹のバッグについとったこのお守り見て、豊薫さんがええなあって言うてはったの思い出したから」

「いいな……って、豊薫さん、お付き合いしてる人がいるんですか」

茶寮で働く豊薫に女っ気を感じたことはない。話題に出るのはお茶のことか静香のことで、浮わついたところがないのだ。

しかし人当たりは柔らかいし容姿も整っているので、彼女がいると言われても不思議はなかった。

驚きつつも納得しかけていると、慶が複雑そうな表情を浮かべた。

「どうやろう。妹は旦那さんのと交換して青いお守りの方をつけとったし、そもそもペアになってるもんとは知らんで、ええなと思ったのかもしらん。知っとって誰かと分けたいと思ったんやとしたら……私があげるんはおかしいやろうか」

不安げな様子に、もしやと閃《ひらめ》く。

「もしかして慶さんが好きな人って、豊薫さん……？」

思わず口を突いた言葉に、慶がはじかれたように顔を上げた。

「な……なん……っ、ちが……っ！」

あからさまに動揺する慶にこちらも盛大にうろたえる。

「す……すみません、何でもなかったです……！」

大切に秘めていた想いに軽々しく踏み込むなんてあまりにも無粋だった。

不躾《ぶしつけ》なことを口にしてしまったと後悔するも、一度口から出てしまった言葉を回収することはできない。

失敗した。失敗した。慶は静香ではないのに。

反省していると、耳まで真っ赤になった慶が上目遣いに懇願した。

「豊薫さんには言わんで。お願い。せっかくマスクで隠してんのに、ばれてしもたら私、もう顔合わせられん」

「マスク……?」

観念したのか、歩き出しながら慶がわけを話してくれた。

「私、軽い赤面症やねん。昔から気持ちが高ぶったり恥ずかしかったりするとすぐ赤くなってもうて、好きな子なんかはすぐにばれてしまうんよ。せやから好きになったらその人に会うのが怖《こわ》なんねん。そやけどマスクしとったらよう見えんやろ。安心なんよ」

「なるほど……」

口にものを運ぶ喫茶店で口を塞ぐマスクをつけているのはどうしてだろうと思っていたが、そういう理由があったのか。

「言いません。絶対に言いません」

力強く約束すると、慶がほっとしたように相好を崩した。


産寧坂を下って祇園を目指す。

来た時と同じ道を来た時にはいなかった人と歩いているなんて、不思議な気分だ。

「あの、今日はありがとうございました」

言い逃してしまわないよう、隣を歩く慶にお礼を言う。きっかけは何であれ、案内してもらえて助かったし、誰かと一緒に行動するというのは新鮮で楽しかった。

「ええねん。私も気分転換したくて清水さんに行ったんやし」

何気ない言葉に苦痛が滲む。同時に慶が物思いにふけるようなため息をついた。

やはり何か悩みがあるようだ。

気になったが、踏み込んでいいことなのだろうかとしばし葛藤する。

先ほどのように失敗するのは怖かった。だけど大事なことのようにも思えて、見てみぬふりをするのも違うように思う。

ややあって腹を括《くく》ると、萌は思い切って尋ねてみた。

「その……慶さんここのところずっと元気ないですけど、何かあったんですか」

目を丸くした慶が困ったように曖昧な表情を浮かべるのを見て、慌てる。

「あっ、あの、話したくないことだったら」

口に出せたからといってそれが正しいとは限らない。

聞かれたくないことだったのかも、とみるみる気持ちがしぼんでいった。

「そないなわけやないねんけど」

自分の問題やから、と慶が悩ましげに視線を下げる。

話したくないわけじゃない。

その言葉にもう一度心を奮い立たせて、萌は食い下がった。

「お、お茶を飲んでも晴れないような悩みは人に話してみるといいって、前に豊薫さんが言っていました」

豊薫の名前を聞いて、慶がわずかに目を見開いた。

「き……聞くだけになっちゃいますけど……たぶん」

大きく出過ぎた分、いくらか自分を割り引いておく。

考えるように黙って歩いていた慶が、やがて事情を語り始めた。

京友禅は模様の輪郭に白い縁取りが残る繊細な染め技法である。

中でも慶が惹《ひ》かれたのは、絵を描くように色を置く手描き友禅。高校生の頃、母親と買い物に出かけたデパートでたまたまやっていた展示会を見たのが慶と友禅との出会いだという。

その頃の慶は京友禅が伝統的な染め技法であることは知っていたが、千代紙に似た古い柄が描かれている染めもの、程度の認識だったそうだ。

「別の階に入っとる流行《はや》りの服の方がずっと素敵。そう思うてたんや。その時までは」

会場で目にした染め布の数々は、慶に大きな衝撃を与えた。

「世界や。湧き水みたいにこんこんとあふれ出す極彩色の世界が、そこにはあったんよ」

伝統に忠実なモチーフを扱っているのに、はっとするほど新しい印象を受けるのは、まるで息づくように鮮やかな色彩と広がりのあるデザインのなせる技だろう。

いい歳の男性作家の作品らしいが、繊細な描き込みは女性顔負けの柔らかさがあった。

衣桁《いこう》に大きく広げて掛けられた着物は色とりどりの宇宙を覗くための小窓のようで、慶は興奮しながら一つ一つの展示を見ていった。

それ以降すっかり友禅の虜《とりこ》になった慶は、専門学校へ進むと暇を見つけては展示会を見に行ったり、体験教室に通ったりして造詣を深めたそうだ。

長屋に住み始めたのはこの頃だという。課題をこなし、見様見真似でデザインの下絵を描くためには安くて広い住まいが必要だった。

当然のように友禅作家を目指すようになった慶は、一番最初に衝撃を受けた作品の制作者を探し出し、しつこいほど催事に足を運んでは弟子入りを志願したという。

「最初の頃はなんべんも断られて、追い返されたわ」

懐かしむような慶の声に苦笑が混じる。当時を思い出しているのだろう。

「この仕事はやがて廃れていく仕事や。着物も着ぃひん、着ても古着やレンタルいう需要の低さを考えると、この先尻すぼみの世界なんよ。若い身空で賭けるような道やない、どっかの企業に就職して染めは趣味にでもしなはれって散々説教されてな」

友禅だけではない。それは国内の様々な伝統工芸が直面している問題でもあった。

「せやからまぁ、学校通いながら三顧の礼ならぬ無限の礼で押しかけてなぁ。最後はもう『しつこさが恐いから教えたる』って粘り勝ちしてん。夢中になると普通の生活ができんようになる私に、就職は無理やと思うたのかもしれんね。そっから師匠に師事して、デザインの勉強してなぁ。楽しゅうて楽しゅうて仕方なかったわ」

しかし、やがて慶の中に渦巻く世界は伝統工芸の枠に収まりきらなくなってしまった。

着物に仕立てられることの多い友禅はどうしても反物に合うデザインを求められる。友禅という従来型のイメージも根深く、需要はより、それらしいものに偏っていた。

もっと新しい世界を。見たことのない世界を見たい。

次々に湧き出すイメージを抑えて型に嵌《はま》った友禅を作るのはもどかしかったと慶が語る。

創造された世界が脳内に蓄積され続け、腐って膿《う》んでいくようだった、と。

「せやから吐き出すためにね、仕事とは別に自分でも友禅を作ることにしたんよ」

手描き友禅は大まかに、企画デザイン、下絵、のり置き、引き染め、蒸し、洗い、色差し、蒸し、洗い、加飾という工程をそれぞれの職人が分業で作る。一通りの工程を専門学校で学んでいた慶は、思い通りの物を作るために全てを一人でこなすことにした。

「その頃大家さんになっとったのが豊薫さん。相談したら一階を作業場にすることを許してくれはってな。蒸し器は小さいのしか置けへんから大きな作品は作れへんけど、ようやく好きな友禅を好きに作ることができるようになって嬉しかったわ」

慶の染める友禅は奇抜だった。既成概念に囚われず、友禅らしさに拘《こだわ》らない。それ故目を引いたのか、とあるアート展で賞を獲《と》ったそうだ。

そしてこれを機に細々と依頼が入るようになり、そのうち手が回らなくなった。

本業か趣味か。職人かアーティストか。選ばなければならない段階が訪れていた。

「アーティストになるいうことは、伝統工芸の職人になるより厳しい現実を覚悟することや。日本では芸術に関わる仕事は低う見積もられがちやし、余計にやな。せやけど……自分が人間として生きていくためには、頭の中で暴れ回るイメージを吐き出せる方を選ばなあかんと思うたんよ」

慶は不義理を承知で師匠に事情を話し、自分はアーティストの道を行くと袂《たもと》を分かった。引き止めなかった師匠はきっと、弟子入りを許した時同様、慶がこうと思った道でしか生きられないことを知っていたのだろう。

――まあ、売れんくなったら土下座しに来なはれ。

行き詰まったら拾ってやらなくもないという遠回しの気遣いを得て、慶はかえって決意を固めたという。

絶対にこの道で立とう。これまでの恩は活躍で返そう。そう心に誓ったそうだ。

とはいえ作品を作ること以外は何も分からない。そこで慶は、専門学校の頃の先輩に相談して、アーティストマネジメントを雇うことにしたのだ。

「アーティストを広めるためにマーケティングを行ったり、流行りや需要を調べて助言したり、アーティストの代わりに契約や交渉をしたり。アーティストが作品を作ることに専念する環境を整えてくれる人やね」

アートの業界では往々にして取引上の無体が存在する。

詳細に打ち合わせても契約直前に連絡がつかなくなったり、安易に値切られたり、制作中の作品に思いつきで指示を加えられたり。下手な抗議で評判を落とすことを恐れ、泣き寝入りするアーティストも多いという。

アートは人々の生活を彩るが、必需品ではない。

不景気な世の中では特に蔑《ないがし》ろにされやすい仕事なのだろう、と慶は視線を落とした。

そういったトラブルを未然に防ぎ、起こってしまった問題には速やかに対応してくれる。慶にとってマネージャーの存在は単純にありがたかったそうだ。

しかし依頼が入るといっても儲《もう》かるほどではなく、マネージャーを雇い続けるのは大変なことだった。

雇用費は生活を圧迫し、必然的に商業戦略は「作りたいもの」より「売れるもの」を作る方へとシフトしていった。

『友禅を売るなら、やはり伝統的なデザインイメージからは大きく逸脱できない』

『今の流行は柔らかい色味だから、原色を多用する作品は好ましくない』

『近年売れている作品はこういう傾向だから、似たイメージにするのはどうだろう』

『好まれるモチーフは入れるべき』

マネージャーは本当によく考えてくれたが、助言を受ければ受けるほど、またそれが的を射ていればいるほど、慶は苦しくなっていった。

「作品は売らな意味があらへん。売れな生活もできひん。せやけどあれはだめ、これはだめ、こうでなくては、て言われるたびに息が詰まるようで……」

体の中で支え切れないほど大きく膨れ上がる世界を吐き出したくてアーティストになったのに、結局腹の底に押し込めている。

想像力を殺して、殺して、殺して、手間暇かけてどこかで見たような作品を作る。

そうして死ぬほど我慢しても、じゃあ売れるかといえばそうでもなかった。

鳴かず飛ばず。それでもぎりぎり生活できる現状がアーティストの中では恵まれている方だという自覚はあって、このやり方から降りることができなくなっていた。

売れるようになりさえすれば、きっと好きなものが作れるようになる。

そう信じて懸命に制作を続ける。そんな日々を続けてしばらく。最近になって、突如慶に異変が訪れた。

「なんにも思いつかへんようになってしもたんよ」

好まれるデザインを、求められる世界を。何も描けなくなってしまったと慶は言う。

それどころかあれほどとめどなく溢れていた数々の世界すら、感じ取れなくなってしまったそうだ。

「立ち止まってる場合やないのに。先々の注文だってこなさなあかんのに。体の中が空っぽで、なんにも思いつかんのよ」

追い詰められた慶は、恥を忍んで師匠のもとへ向かったという。それが先週のことだ。

――なんや、土下座しに来たんか。

優しい言葉などかけない、いつもの師匠が懐かしくて泣きそうだった、と慶が笑う。

同時に、もう二度と友禅を作り出すことができないかもしれないという恐怖を改めて感じた、とも。

まともに顔も上げられないまま、慶は師匠に窮状を打ち明けた。

ひとしきり話を聞いた師匠は、つと立ち上がって姿を消すと、やがて小さな風呂敷包みを持って現れた。

「それが、これ」

手にしていた紙袋の中から、慶が風呂敷包を取り出す。

開けて見せてくれたのは、両手に収まるほどの綺麗な木箱だ。

「寄木細工ですね」

見覚えのある幾何学模様は、異なる種類の木材を組み合わせてその色合いの違いで模様を描く、箱根の伝統工芸品だ。

慶が手にした箱型のものはおそらく、秘密箱というからくり箱だろう。

「そういうたら萌ちゃん、関東の出身やったな」

「はい。箱根《はこね》は家族と何度か行ったことがあります。寄木細工の秘密箱もその時見ました」

「萌ちゃん、これ開けられへん？」

縋《すが》るような眼差しで慶が木箱を差し出した。

秘密箱は寄木細工の中でも特に代表的な作品である。箱の側面を決まった手順でスライドさせないと開かない知恵の輪のような箱なのだ。

数度の手順で簡単に開けられるものから、数十回の手順を踏まないと開けられない手の込んだものまで多種多様で、いずれも手順を知らない者には簡単に開けられない。

萌の表情から難しいことを察した様子で、慶が肩を落とした。

「師匠がな、貸したるさかい開けてみぃ、て言うねん。今の私に役に立つものが入っとるやろって。もとは師匠の師匠のもんで、おんなじようにスランプの弟子に貸してたそうや。大師匠が亡くなった時に形見分けで譲り受けたらしゅうて」

でもなんぼためしても開けられへんの、と慶が落ち込む。

「私にとってはもう、この箱だけが希望やってん。せやから今日、もう一度師匠のところへ行って開け方を聞いたんやけど」

「ど、どうでした」

こちらまで緊張してきて、萌はハラハラと先を尋ねた。

「あかんかったわ」

力なく首を振って慶が続ける。

「自分で開けな意味がないって。こないなとこにおらんで、家に帰って考えなはれってけんもほろろや」

師匠は、と言いかけて慶が一度唇を噛んだ。

「せっかく弟子入りさせたのに、伝統工芸を極めんかった私のことを怒ってるのかもしれへん。昔のあんさんなら開けられたかもしれへんなぁ、ていけず言われてん」

暗くなっていく慶の様子に、萌は何か手伝えることはないだろうかと思案した。

「その箱、見てもいいですか」

「ええよ」

慶が萌の手に木箱を渡す。手の中で箱を回しながら、萌は慎重に細部を確認した。

秘密箱は繊細な作りと寄木細工の幾何学模様で側面から細工部分を探ることは難しい。

でも。

「前に一度見た時、確かふちどりされている部分からなら細工の切り込みが見えたと思ったんです。……あっ、あった」

直方体でいうなら辺にあたる部分に切れ込みの跡を見つけて、圧力をかけてみる。

「動きそうです」

「ほんま?」

慶が覗き込む中、萌は側面の一部をスライドさせた。おそらくこれが最初の一手だ。

「こっちの縁にも切れ込みがあるわ」

「本当ですね。動くかなぁ」

微妙な痕跡を頼りに、二人がかりで面を押したり引いたりする。しかし最初の一手以降、どの面もさっぱり動く気配がなかった。

「だめやな」

「やっぱり手探りでは限界がありますね……」

続いてスマホを取り出すと「秘密箱」「開け方」で検索をかける。分からないことはネットに聞く、というのは萌の世代では常識だ。

「あ、開け方載ってます……!　動画もありますよ」

「ほんまや。色々あるんやなぁ」

秘密箱の開け方は手順の回数ごとに載っている。師匠の秘密箱が何手で開くのか分からなかったので、二人は東大路通《ひがしおおじどおり》を歩きながら片っ端から試してみることにした。

本当ならどこかの店にでも入って腰を据えて取り組むところなのだが、萌に出勤の時間が迫っていたのだ。

「いや、あかんわ……途方もない」

「開きませんね……」

ネットを参考に様々手順を試したものの、路地門をくぐる頃になっても二人は秘密箱を開けることができなかった。

「やっぱりズルはあかんってことなんかな」

疲れた顔で慶が木箱を眺める。

悲痛な面持ちにこちらも辛《つら》くなって、萌は助けを求めるように辺りを見回した。

「あ」

ふと、突き当りの茶寮に人影を見つけた。

メニュー看板は出ていないし、扉には「close」のプレートが掛かったままだが、大きなガラス窓の向こうに静香と豊薫の姿が見切れた気がしたのだ。

「静香くん」

「ああ、豊薫さん戻ってきたんやね。萌ちゃんこれから仕事やろ？　私朝プリン持って行ったし、よかったらみんなで食べて」

「ち、違う」

そうじゃない。そうじゃないんだと頭を振って、萌は慶に訴えた。

「慶さん、静香くん……静香くんです……！」

「え？」

ぽかんとこちらを見つめる慶の腕を両手で摑んで、萌は上ずる声で必死に言った。

「静香くんなら、その木箱を開けられるかもしれません」


慶を茶寮に連れて入った萌は、挨拶もそこそこにいつもの席に座っていた静香をつかまえて事情を説明した。

萌のおぼつかない話を補完したのは慶だ。

静香は例によってほとんど口を挟まず、萌が話終えるまでじっと耳を傾けていた。

「ふうん」

ひとしきり話を聞いた後、短く相槌を打った静香がテーブルの上の木箱に目をやった。

丁寧な仕草で手に取ると、最初に萌がしたように縁取りの部分を指でなぞって確認する。

「どうぞ。麦茶です」

タイミングを見計らっていたらしい豊薫が冷えた麦茶をテーブルに置いてくれた。

ちょうど帰ってきたばかりのところだったようで、いつもの和装ではなく白い襟《えり》付きシヤツに藍色のジャケットを合わせたセミフォーマル姿だ。

静香の方はパーカーにジーンズというラフな格好なので、墓参りに行ったのは豊薫一人だったのだろう。

路地門から出られない、と言った慶の言葉を思い出して、萌は何とも言えない気持ちになった。

「残念だけど、これは俺にも開けられないよ」

からくりを試すこともなく、静香が木箱をテーブルの上にそっと置く。

興味深そうに豊薫が近くの席に腰を下ろした。

「……そう……ですか……」

はっきりと可能性を潰されて、脱力する。

前回知恵と推理で謎を解いてくれた静香なら、秘密箱も開けられるかもしれないと思ったのだが、ことはそう簡単にはいかないようだ。

考えるような間を置いてから、静香が慶に視線を向けた。

「というか、たぶん慶はこれを開けられると思う」

「え」

「えっ」

意外な言葉に、萌だけでなく慶も目を剝《む》く。豊薫は面白そうに一同を眺めていた。

「そ、そやけどこの箱、ちっとも開かへんのよ。預かってからもずいぶん弄《いじ》ったし、ここに来るまでの間にも萌ちゃんと色々試したんやけど、やっぱりだめやった」

「うん。だから自力じゃ無理」

どういうことや、と慶が頭を抱える。

できると言ったり、無理だと言ったり。一見矛盾することを言っているようだが、おそらく行間に省略された言葉があるのだ。

「お師匠さんから他に何か渡されたり、言われたりしたことがあると思うんだけど」

静香の問いかけに、慶がとんでもない、と首を振る。

「ない、ない。あったら試してるわ」

もっともな返事で否定されて、静香が「そんなはずないんだけどな」と形のよい眉を寄せた。

各々が考え込むような沈黙が茶寮に満ちる。慶に至ってはもう苦痛の表情だ。

「あのう」

停滞してしまった空気の中で、萌は恐る恐る切り出した。

「か……関係ないかもしれませんが……慶さんは今日、お師匠さんに改めて秘密箱の開け方を尋ねに行ったそうです。その時お師匠さんに、こんなところにいないで家に帰って考えなさいって言われたそうで」

「家に？」

ぴくりと眉を動かして静香が反応する。しかし慶の表情は晴れなかった。

「突き放されたんやと思うわ。甘えたらあかん、て。昔の私なら開けられたかも、なんていけず言われたくらいやし」

「どうだろう」

言うなり静香が席を立つ。そのまま茶寮を出ていこうとするので萌は面食らった。

「ど、どこにいくんですか」

振り返った静香が不思議そうに小首を傾げる。

「どこって慶の家」

どうして来ないの？　と言いたげなその顔に、萌と慶は思わず顔を見合わせた。

「家に帰って考えろっていうのがお師匠さんのくれたヒントなら、何か出てくるかもしれないよ」

「まさか」

ふらりと慶が立ち上がる。

「俺たちも行きましょう」

手早く麦茶を片付けて豊薫が萌を促した。

「で、でも、お店が……」

萌をシフトに入れたからには、豊薫は今日、店を開く心づもりがあったはずだ。

話を持ち込んでおいて何だが、開店準備もせずに店を離れていいものかと萌は迷った。

「面白そうだし、店はこのまま閉めておけばいいですよ。さあ、早く」

豊薫が先に立って静香を追う。こうなると店に残る意味もないので、萌は慌ててみんなの後を追いかけた。

慶の家は路地門に向かって右側、茶寮に一番近い場所にある。

豊薫に続いて中へ入ると、土間に立った静香の背中が二人を迎えた。

四畳半と八畳の部屋をぶち抜いた広い作業部屋には組み立て式の長い机が置かれている。その手前で、慶が道具を並べていた。

「とりあえず、普段使っているものを出してもらってる」

慶の手元を注意深く見つめながら、静香が言う。

全員の視線が集まる中、慶が簡単な説明を加えつつ道具を板間に置いていった。

「これは摺《す》り染やらぼかし染に使う丸刷毛。こっちは染料を溶解する鍋。そんでこれが下絵の輪郭に糊《のり》を置くための筒。色を差す筆に平刷毛……」

一種類の道具でも大小や細さによって複数使用しているようで、最終的に広げられた道具のはかなりの量となった。

「あとは蒸し器とか大きなもんやね。こまかいものでいつも使てるものいうたら、大体こんなもんやろか」

はー、と豊薫が感嘆のため息を漏らす。その気持ちは萌にもよく分かった。

道具の量だけ工程があるのだ。これを一人でとなると、一体どれだけの作業量になるのか。

改めて慶の仕事の壮大さに気づいて、萌は圧倒されていた。

床に並べられた道具をざっと見回して、静香が顔を上げる。

「この中に今回のことと関係しているものはないと思う。手がかりが示されているとしたら他の道具だ」

「ほ、他……？」

せっかく並べた道具には手も触れない。慶が途方にくれた表情を浮かべた。

「普段から使っているものに何かあったら、慶が真っ先に気づくでしょ。だからここに並べたものは除外していいよ。これ以外の、いつもは使ってないものを確認して」

迷いなく指示する姿にのまれるようにして、慶が部屋のあちこちを探し始める。

「使てない道具て言うてもなぁ……。消耗品やからダメになったもんはほかしてしまうし、予備にキープしてあるものやろか」

「新しく買ったものじゃないと思う。たぶん、古くて、簡単には捨てないもの」

苦悩に満ちた呻《うめ》き声を上げて慶が悩む。思い当たるものがないのだろう。

「触って困るものがなければ手伝いましょうか」

声をかけたのは豊薫だ。振り返った慶が縋るような目で豊薫を見上げた。

その眼差しを許可と捉えて豊薫が上がり框《かまち》から部屋に上がる。

出遅れた萌は、土間で地蔵のように直立している静香にそっと近寄った。

「道具が消耗品てことをすっかり失念していた」

静香がちょっと肩を竦める。

「あの手のからくり箱は自力で開けようとすると時間がかかるから、たった今困っている慶を助けようとするなら開けるための手がかりが用意されているはずだと思ったんだけど」

「手がかりって、どんな……?」

尋ねると、静香が首を振った。

「分からない。でも隠すことを考えるなら、図解か手順のメモが道具に仕込まれている可能性が高いと思う。お師匠さんの言った、昔の慶なら開けられたかもって言葉もヒントだとしたらずっと前からあるものだ」

「助言してくれるつもりなら、普通に言葉で言ってくれればよかったのに……」

「想像だけど」

断ってから静香が推論を口にする。

「これだけ回りくどいやり方をするからには、その工程にも意味があるんだよ。例えば他人の手を借りるとか。あるいは仕舞い込んだ道具を改めるとか」

工程にも、意味が。

しかし目の前で必死に道具を漁《あさ》る慶には、とてもそんな余裕はなさそうだった。

考えを巡らせながら、静香が口の中で言う。

「昔からあるもの……普段使わないもの……だけど捨てないもの……」

「大事なものや思い入れのあるものは、使わなくても捨てませんよね。私も小学校の時に一生懸命絵を描いていた自由帳は捨てられずにいるし……」

はた、と静香が萌を凝視した。一瞬のことで、萌がうろたえる間もなくすぐさま慶に呼びかける。

「ねえ、メモ帳、メモ帳は？」

メモ帳？　と室内の二人が振り返った。

「お師匠さんから教わったことを書き留めた日記とか、そういうものはないの。萌が豊薫にお茶のことを教えてもらう時は、いつもこまごま書きつけるメモ帳を持っているんだけど。例えば慶がお師匠さんの前でもメモを取っていたなら、お師匠さんもその存在を知っているよね？」

「そうか」

静香の言いたいことが分かった気がして、萌はぽんと手を打った。

「習ったことを覚えてしまったらもうメモを見たりはしないから……『昔からあって、普段使わなくて、だけど捨てないもの』って条件に当てはまるんですね」

「そういうこと」

「どうでしょう、慶さん」

促す豊薫に反応して慶が動き出す。

「そうやわ……そうよ。何で思い出されへんかったんやろ。そういえば独立する前、師匠にノートを預けたことがあったわ。『あんさんがこまめにつけとったあのノート、いっぺん見してみなはれ』て言われて。『字ぃが小そうてよう見えんかったわ』ってすぐに返されたんやけど」

豊薫の手を借りながら戸棚の中をごそごそかき回す。やがて古いダンボールを取り出すと、床に置いて中を漁り出した。

「あったわ！　二冊……三冊ある！」

興奮したように、慶が古びた大学ノートをこちらに見せた。

「確認しましょう」

柔らかく言って豊薫がノートを一冊取り上げる。手がかりを確認するまではぬか喜びになると思ってか、それ以上のコメントはしなかった。

わあ、こんなこと書いてたんや、と感慨深げにページをめくる慶の横で、豊薫が素早く全体に目を通していく。どんな手がかりが隠されているのか分からないので、細かいところは慶に任せるつもりなのだろう。

大人二人でノートを検分すること、しばらく。

「見つけました」

とあるページで手を止めて、豊薫がそこに挟んであった紙切れを静香に向かって掲げて見せた。

「これかな。図解が描いてある」

「ほんまや……！」

隣の慶が豊薫に飛びつくようにして紙切れを確認する。

それらしいものが見つかったと知って、静香が大きく息を吐いた。

脱力するような達成感に萌も肩の力が抜ける。

よかった、とどちらともなく呟いて、萌は静香と顔を見合わせると少し笑った。

茶寮に戻ると、慶はさっそく秘密箱の開錠に取り掛かった。

ソファ席にはいつもの位置に静香が腰掛け、その隣に萌、正面に慶と豊薫が並んで座っている。

「ここが、こうで……あら？」

「こっちでは」

手数の多いからくりに四苦八苦する慶を豊薫が隣からアシストする。萌と静香はその様子をそわそわしながら見守っていた。

しばしの間、図解を参考に秘密箱と格闘していた慶が、はっと息をのんだ。

「開くわ」

一同の視線が集まる中、緊張した手つきで慶が上部の板をスライドさせる。

箱の中に入っていたのは小さく折り畳まれたハンカチ大の布が二枚。

机の上に広げると、片方は淡いあさぎ色の地にグラデーションの美しい大輪の白牡丹《しろぼたん》を描いた染め布、もう片方は真っ青な原色が画面を大胆に横断した地に幾何学模様を繊細に詰め込んだ奇抜なデザインの染め布であった。

「わあ」

生き生きとした配色が目を引く美しい作品だ。全く違う作風だが、萌はどちらも好きだと思った。

「綺麗ですね」

豊薫の言葉に、固まっていた慶が我に返る。

「びっくりしたわ……。これ、どっちも私の作品や」

畏《おそ》れるように染め布に触れて、慶が説明した。

「この牡丹柄の方は、専門学校に行っとった頃、師匠のために染めて贈ったものなんよ。伝統模様には縁起のええ吉祥《きつしよう》模様っちゅうのがあってな。牡丹はその一つなんや。百花の王ともいわれる牡丹には幸福や富貴《ふうき》、不老長寿なんかの意味があって、師匠が得意な柄の一つなんよ。一通りのことを覚えて、最初に下絵を引いたんがこのハンカチや。私はもともと師匠の伝統に忠実な作品が好きやったから、真似したんやなあ。あげた時は鼻で笑っとったのに、まさかとっといてくれたなんて」

初期の作品。原点も原点の作品や、と慶が両目を細める。

「もう一枚の作品は師匠の下で修行しながら好きに作っとったもんで、アート展で賞を獲った作品や。作品の一部をトリミングして師匠にプレゼントしたんやな。うまいことといった部分を見てもらいたかったんよ。今度は笑われへんかったけど、ふうん、てそれだけや。気に入らんのやと思うてたけど、こっちも持っといてくれはったんや」

大切に保管されていたらしい二枚の染め布は、素人目に見ても綺麗な状態だった。郷愁を噛み締めるように作品をじっと見下ろしていた慶が、ふと顔を曇らせる。

「せやけど、どういう意味やろう……」

誰に問うでもなく、不安そうに呟く。

「師匠は今の私に必要なものが入っとるって言わはったけど……こないな昔の作品から何を受け取れっちゅうんやろう」

分かるようで分からない。師匠の意図をうまく汲《く》み取れないようで、慶が深刻そうな顔で考え込んだ。

「好きの気持ちじゃない？」

答えたのは静香だ。人差し指でノートを示して言う。

「初期のノートにメモを隠したのがその証拠だよ。最初の頃の気持ちを思い出して欲しかったんじゃないかな」

二枚の友禅を見せるだけならわざわざ秘密箱に入れる必要はない。ノートを経由して箱を開けさせたということは、そこにも意味があるはずだと言いたいのだろう。

静香の指摘を受けて、慶が迷うように俯《うつむ》いた。

「……好きやからって勝手なもんばっかり作ってたらあかんのよ。需要があるて言われたら、たとえ心が動かんくても作らんと」

慶の主張は正論で現実だ。静香が何か言いかけて、結局困ったように口をつぐんだ。

「零か百かの話ではないのかもしれませんね」

静香と入れ替わるように豊薫が柔らかく投げかける。ほんの一瞬、静香が安堵《あんど》したような表情を浮かべた。

「一服しませんか。お茶を淹れましょう」

悲壮感を漂わせている慶に豊薫が笑いかける。そのまま立ち上がると、キッチンに向かって歩いて行った。

残された者たちに場の空気を修復する力はなく、各々黙ってキッチンから聞こえる音に耳を澄ませる。

湯の沸く音。茶器を用意する音。

やがてワゴンを引いて現れた豊薫がソファテーブルに茶葉の入った器を置いた。

「お待たせいたしました。《碧天》です」

「あれ」

茶葉を拝見して、萌は首を傾《かし》げた。

この茶寮でアルバイトをするようになっていくらかお茶を見てきたはずだが、こういうものは初めてだ。

「どうしました」

にこにこと豊薫が尋ねる。

萌が何に気づいたのか察しているようで、促すような問いかけだった。

「ええと、茶葉がつやつやぴかぴかしてるのはいつもの通りなんですけど、その、色んな色の茶葉が混じっているなあ、と思って」

「……ほんまや」

塞ぎ込んでいた慶も興味を引かれたように茶葉を見つめる。

「青漆《せいしつ》、老緑《おいみどり》、海松色《みるいろ》……確かに色々混じって見えるわ」

聞いたことのない色名にイメージを持てずにいると、慶がスマホを取り出して伝統色の一覧を見せてくれた。

「深く渋い青漆。老いた松葉のような老緑、茶味を帯びた海松色。な、似とるやろ」

「に、似ています」

微妙な色合いを繊細に呼び分ける伝統色の名前はどれも趣がある。中でも慶が示した色は、焙煎《ばいせん》した後の葉のように灰色がかっているものや茶色味のあるものだった。

「葉の状態も異なるものが混じっている気がします。針のように長いものから、細かなものまで」

「言われてみればそうやなぁ。煎茶に見えるけど、違うお茶なんやろか」

変わった茶葉に見入っていると、穏やかな口調で豊薫が説明した。

「お二人とも細かいところによく気がつきましたね。このお茶は鹿児島県知覧の製茶工房で作られたシングルオリジンで、間違いなく煎茶ですよ」

器を回収した豊薫がワゴンの上の急須に茶葉を落とす。今日は高い位置でお茶を淹れるようだ。

流れるような所作で、豊薫が湯気のたったケトルから急須へと熱湯を注いだ。

「あっ」

日本茶は低温で。これまで培ってきた知識を覆すような豊薫の所業に驚いて、萌は目を丸くした。

楽しげな笑みを浮かべて豊薫がケトルを引き上げる。少量の熱湯が入った急須に、今度は氷をとぷとぷ入れた。

「今日は冷煎茶でお出しいたします。約五分ほどかけてじっくり抽出しますので、その間に先ほどの続きをお話ししましょう」

はっとして萌は置きっぱなしにしていた鞄《かばん》からメモ帳を取り出した。

豊薫がわざわざ説明するぞと言い置いたのは、萌がメモを取るタイミングを作るためだ。いそいそと準備をする萌を、慶がどこか懐かしむような瞳で見守っていた。

「このお茶は二つの温度帯で焙煎し分けた中蒸し茶なんです」

「中蒸し茶」

聞き慣れない言葉を繰り返すと、豊薫が説明を加えた。

「日本茶は茶摘みの後に『蒸す』という工程を踏むものが多いのですが、これは茶葉の酸化や発酵を止めて、香りと味を決める重要な作業なんです。蒸し時間が短いものを浅蒸し、長いものを深蒸しといって、中蒸し茶、または普通蒸し茶と呼ばれるものは、その間のものを指します」

萌の筆記ペースに合わせながら、豊薫が続ける。

「蒸し時間の違いは、茶葉の見た目、水色、風味に現れます。浅蒸し茶は細長い茶葉で、湯の中で解《ほど》けると葉の原型に近いものになります。水色は黄金色、渋味や旨味が引き立つお茶になりますね。対して蒸し時間が長い深蒸し茶は茶が柔らかく脆《もろ》くなるため、その後の工程で葉が細かく砕けます。水色は緑色で、渋味の抑えられた、甘味やコクの引き立つお茶になります。中蒸し茶はいずれも中間に位置します」

浅蒸しは渋味と旨味。深蒸しは甘味とコク。なるほど日本茶は奥深い。

以前、煎茶は湯温によって渋味や甘味が変わるとも聞いたから、茶の味を決めるのは蒸し具合だけでないことはもう分かる。

製茶、蒸し、淹れ方、それぞれ無数の組み合わせによってお茶は表情を変えるのだ。

「更にこの《碧天》は、ゆたかみどりという品種の香ばしさと旨味をより一層引き出すために、蒸しの工程で二つの温度帯を使い分けるというちょっと面白い仕上げをしたお茶なんです。蒸す温度に差をつけた茶葉を合わせているので、様々な姿の茶葉が混じっているというわけですね」

急須の中の茶葉を確認して、豊薫がワゴンの下の段からグラスを三つ取り出した。

「ワイングラスやわ」

珍しそうに目を見開く慶に豊薫がにこりと微笑んだ。

「お茶は茶器の形状によっても感じる香りや風味が変わります。ワイングラスはワインの香りを楽しむために発達した器ですから、香り高いお茶とも相性がいいんですよ」

磨き上げられたワイングラスにお茶が注がれる。

朝日を溶かしたような黄金色の液体はよく冷えているらしく、グラスにはすぐさま水滴がついた。

「ワイングラスの形状は香りをどう引き立たせ、舌のどの部分に触れさせて味覚をどう刺激するかということを計算して作られています。例えばこの口がすぼまったブルゴーニュグラスは、香りが外へ逃げない構造になっていますので、口をつけた際により強く香りを感じることができます」

丁寧な仕草で豊薫がワイングラスを順にテーブルに置いていく。

なんだか大人の仲間入りをしたようで、萌はどきどきと胸を高鳴らせた。

「どうぞ」

お日様色の煎茶に見惚《みと》れていると、豊薫がそれぞれを促した。

最初に手をつけたのは静香だ。ステムを掴むとボウル部分を目の高さに掲げて水色を確かめる。色味から風味を推定したのか、きらきらと瞳を輝かせてグラスに唇をつけた。

「どう?」

軽く問う豊薫に小さく頷いて、静香が口元をほころばせる。

「うん。うまく入ってる」

満足げな静香を見て豊薫が嬉しそうに笑った。

続いて萌もワイングラスを傾ける。

「わあ……」

しっかりとした渋味を感じるのに、コクがあって印象はまろやか。それだけで十分個性的なのだが、一番の特性は香り立つ香ばしさだ。

「香り高いお茶やねぇ」

萌と同様、お茶の香気に感心したらしい慶が感想を述べる。

「渋味と甘味が二層になっていて、面白いです。奥行きがあってスモーキーな香ばしさがあって……好きな感じのお茶です」

グラスの中の香りを確かめながら萌が言うと、豊薫がにこにこと説明した。

「二つの温度帯で火入れされたお茶ですから、どちらの性格も引き立つように淹れました。冷たくても香りは損なわれないでしょう」

本当だ。温かいものの方が香りが強いと思い込んでいたが、冷たいものは香りが凝縮されているように感じられる。

ファーストインパクトをどの器官で感じるかという問題なのだろう。

温かいと蒸気によって鼻腔から香りを感じやすく、冷たいと嗅覚からの刺激が抑えられるために味覚の印象が強くなるのだ。

「日本茶の始まりは平安時代初頭、仏教とともに中国から伝来してきた団茶《だんちゃ》がもとになっていると考えられています。団茶は蒸した茶葉を固めて乾燥させたもので、飲む時はこれを削って湯の中で煮立てていました。やがて茶園ができ、自国でも茶葉を生産できるようになると茶文化は急速に発展していきます。碾茶《てんちゃ》、挽茶《ひきちゃ》を経て現在の抹茶の形になり、茶の湯文化が生まれました。江戸時代になると庶民の間でも嗜好品《しこうひん》として飲まれるようになり、この頃できたのが煎茶です。最初は浅蒸し煎茶が、後に渋味を抑えた深蒸し煎茶が作られるようになって、今ではお茶といえば深蒸し茶のことを指すほど一般に流通しています。抹茶や煎茶は、最初の団茶からは想像もできない発展を遂げた、日本独自のお茶なんですよ」

滔々《とうとう》と語る豊薫がワゴンの下の段から何かを取り出す。小ぶりの瓶に入ったそれは淡い卵色をしたプリンだった。

「今朝方慶さんが差し入れてくれたプリンです。お茶請けにどうぞ」

「ま、待ってや豊薫さん」

意外な組み合わせに慌てたのは慶だ。

「さすがにプリンは日本茶に合わへんと思うわ。無理にくっつけて出さんでも……」

「一見合わなそうに見えるものがベストマッチすることもありますよ」

なだめるような声で豊薫が慶を制する。

「お酒の世界ではマリアージュやペアリングと言いますね。日本語では相乗効果、が近いでしょうか。別々のもののよいところを引き立て合うことを意味します」

どこか含みのある言い方に、慶が気圧されたように引き下がった。

戸惑う女性陣に対してあっさりとプリンを口に入れたのは静香だ。

「……なるほど。だから《碧天》」

唇に笑みを引いて静香が萌を見る。それが促しの仕草であると気づいて、萌もスプーンを手に取った。

なめらかなクリーム色のプリンにスプーンを差し込む。

瓶底のカラメルと一緒に口に入れると、ふんわりと優しい甘味が口の中に広がった。

やわらかい卵の風味にカラメルの香ばしさがちょうどいいアクセントになっている。

「ふわふわしていて美味しいです」

萌の感想に慶が照れたような、その先を心配するような複雑な表情を浮かべた。

どきどきしながらワイングラスに手を伸ばす。そっとお茶を飲み込んでみると、意外な印象に萌は驚いた。

「あ、合います……！　プリンの優しい甘さとお茶の引き締まった味がどちらも引き立てあっていて。カラメルの香ばしさと《碧天》の香ばしさもうまく噛み合っている気がします」

半信半疑の様子で慶もプリンに口をつけ、次いでお茶を飲み込んだ。

「嘘《うそ》みたい……。美味しいわ」

「そうでしょう」

いたずらがうまくいった時のような顔をして、豊薫が笑った。

「実は慶さんが差し入れに来てくれた後、あんまり美味しそうだったんで味見をしたんです。その時、いくつかお茶を試したので外さない自信がありました」

「それ、もう味見じゃないよ」

にこにこと功績を語る豊薫に静香が呆《あき》れる。

お茶と会話、驚きの演出で心がほぐれたのか、慶の顔に笑みが戻っていた。それを確認して、豊薫が改めて口を開く。

「和か洋かということではないんですね。どちらも引き立て合うことができる。慶さんの友禅もそうなのではないですか」

「え……?」

巡り巡ってもとの話に着地するとは思わなかったようで、慶がぽかんと豊薫を仰ぎ見た。

豊薫が続ける。

「慶さんは伝統的な友禅と独自のイメージで作る友禅を対局のもの、どちらか一つを選ばなければならないものと感じているようですが、本当にそうでしょうか。問題は伝統か独自性かということではないように思います」

「ほんなら何が問題やったの。……なんで私、空っぽになってしもたん」

弱々しい声がいっそ悲痛で、萌は胸が痛くなった。

かちん、とケトルの電源を入れて、豊薫が言う。

「自分の作る作品を愛せなくなったからですよ」

息を止めて、慶が固まる。

——好きの気持ちじゃない？

最初にそう指摘したのは静香だ。

豊薫は静香の言わんとしたことを理解して、補完するために動いたのだ。

「苦しくなったのは愛せなくなったからです。心が動かなくても、と先ほどおっしゃっていましたが、それがあなたを深く傷つけた」

「せやけど……需要が」

「さほど手応えを感じないとおっしゃっていませんでしたか」

「そ、そうやけど、求められるもんを作らんと……！」

慶の語気が強くなる。それだけ必死なのだろう。しかし一方で、自分をがんじがらめにしたその考えを論破して欲しがっているようにも見えた。

「魂を入れることのできない作品で人の心を動かすのは難しいですよ」

ケトルの唸る音がやけに大きく響いて聞こえる。

静けさの中で、豊薫が慶に語りかけた。

「流行や廃りは確かにあって、消費者を必要とする以上マーケティングを参考にした制作は必要でしょう。しかし、それは想像力を殺して心の動かないものを作ることとは違うように思います。もちろん割り切って作品を作る人だっているでしょう。だけど慶さんはそれでは物足りなくて、アーティストの道を選んだのですよね。あなたはとても誠実で、とても不器用な人です。夢中になると寝食を忘れて人の声も届かなくなる。それだけ傾ける愛が大きいからです。だからこそ、好きを追い求めていないと死んでしまう」

死ぬやなんて、と慶が微《かす》かに呟いた。

「死んでしまいますよ。心から先に。だから空っぽになってしまった」

慶が言葉を失う。

無意識のうちに静香を見ると、豊薫と同じく真剣な眼差しを慶に送っていた。

「慶さんが秤《はかり》にかけていたのは伝統と独自性ではなくて、心が動くものと動かないものだったのではないでしょうか。牡丹のハンカチを作った時も、賞を獲った作品を作った時も、楽しかったでしょう?」

豊薫の言葉に、慶が引っ叩《ぱた》かれたような顔をする。

「それらはきっと、マリアージュできるものです」

マリアージュ、と慶が小さく呟いた。

一見異なるものを組み合わせることで相乗効果を生み出すこと。

伝統も独自性も、どちらも選ぶことができると豊薫は言っているのだ。

「あの、私友禅のことは詳しくないんですけど……」

勇気を出して、萌は感じたことを口にした。

「それでも私、この作品はどちらも好きです」

拙い言葉でしか言い表せなかったが、それでも心打たれたことを今、言わなければと思ったのだ。

萌の言葉を聞いた慶の瞳がまんまるに見開かれる。その目にみるみる涙が溜《た》まって、ぽろりとこぼれた。

「す、すみません、余計なことを言って……」

泣かせてしまった、と怯《ひる》む萌に慶が首を振った。

「違うんよ……好きって言ってもらえて、嬉しかったんよ」

そうしてまた、少し泣く。

「好き勝手に作るんやったら、趣味でよかったんや……。誰にも見せんかったら誰の目も気にせんでええんやから。せやのに外に出そうとしたんは……私は私が好きやと思うもんを、誰かに分かってほしかったんや。できたら好きになって欲しかった」

泣きたくなるほど素直な声で言って、慶がさっと目元を拭った。

「豊薫さんの言う通りやわ。伝統的なデザインが嫌いやったわけやない。友禅らしい友禅やって大好きやった。特に師匠の自然を生き生きと表現するような色使いは見とってわくわくしたし……。わくわくして、自分でも作ってみたかった。もっと新しい世界を見たくて、友禅ならそれが可能だと思うたんやわ」

「きっとできますよ。友禅は自由だと僕に教えてくれたのは慶さんですし」

「え？」

怪訝そうに眉を顰《ひそ》める慶に豊薫がおや、と首を傾けた。

「忘れてしまったんですか。長屋の一階を作業場にしたいと相談に来られた時、友禅がいかに素晴らしい伝統工芸であるか僕に指南してくださったのは慶さんですよ。世界中探してもこんなに美しくてこんなに自由な染めはない、と大変熱く語られて。その情熱に打たれたから、改築を許可したんです」

何事か思い出した様子で慶の頬が朱に染まる。「よう覚えてはりますね」と応じた声は恥じらうように消えかけていた。

「……そうやったわ。友禅は自由や」

マリアージュか、と慶がふと遠くを見つめる。その瞳にきらきらと輝きが宿っている気がして、萌はほっとした。

「おおきに。おかげさんで気持ちが晴れました」

豊薫に向かって、慶が丁寧に頭を下げる。

「いいえ。光明は差しましたか」

「まだ分からんけど、この箱返す時には別のもん詰めたろうってくらいにはやる気になっとるわ」

「それは上々」

にっこり笑って、豊薫が頷く。笑みを返すと、次に慶はこちらに視線を向けた。

「萌ちゃんも、静香くんもありがとう」

「わ、私は何も……」

改まってお礼を言われるようなことは何もしていない。

逃げるように視線をさまよわせると静香と目が合った。びくり、と肩を震わせて静香が首を左右に振る。こっちに振るなということらしい。

恐縮する二人の子どもに慶が笑った。

「萌ちゃんは私の悩みを聞いてくれて、一緒に考えてくれたやろう。静香くんは箱の開け方を考えてくれはった。箱を開けられなかったら私、きっと今も悩んどったと思うわ。運よく自力で開けられたとしても、一人では師匠の真意に気づけへんかったかもしれん」

せやからありがとう、と慶がもう一度頭を下げる。顔を上げると、居心地悪そうに肩をすぼめていた静香に温かい眼差しを送った。

「それにしても、路地に来たばっかりの頃は放っといたら死んでしまうんやないかってくらい心許ない子ぉやったのに、知らん間にえらい頼もしなったんやなあ。謎解きが得意やなんて知らんかったわ」

そうなのか。

自分より長く静香と関わってきたはずの慶が静香の特技を知らないというのは、萌からするとちょっと意外だ。

興味深く静香を見ると、じわじわと赤くなってフードを被ってしまった。

丸くなった背中から、もう何も声をかけてくれるなという意思がひしひし伝わってくる。

すっかり沈黙した静香を微笑ましく眺めてから、豊薫が話題を切り替えた。

「お師匠さんは慶さんが道に迷った時に戦えるよう、あらかじめ武器を用意してくれていたんですね。慶さんにとっての武器は初心です。何が好きで友禅を始めて、どんな思いで今のスタイルになったのか、それを思い出すことが後々のあなたを助けると信じたのでしょう。秘密箱の開け方を昔のノートに仕込んでいたのも、箱の中に入っていたのが初期の作品とスタイルを確立した際の作品だったのも、きっと初心を思い出して欲しかったからですよ」

「初心……」

そういえば、と慶が思い出したように顔を上げる。

「昔、師匠が言うてたわ。困った時は基礎に帰れて。スランプになる時は大抵、初心を忘れた時か、初心に帰りたい時なんやって」

だとしたら、なんて深い愛だろうと萌は思った。

いつ来るとも知れない未来のために、仕掛けを作って用意しておくなんて。

それが師弟の絆《きずな》というものなのだろうか。考えていると、隣で岩になっていた静香がもそもそ言った。

「もともと大師匠がスランプの弟子に貸してたっていうし、お師匠さんも同じことを経験したのかもしれないよ」

師から弟子へ。受け継がれた思いやりが今、慶に届いている。

「そうかもしれへんわね」

同意して、慶がしばしテーブルの上に広げたままになっていた友禅をじっと見つめた。

「こんな下手くそな染め、綺麗にとっといてくれはって……。来るか来ないか分からんスランプのために随分前から仕込みまでしとったなんて……」

あほやなあ、と慶の指先が慈しむように染め布を撫《な》でる。そうしてため息をつくようにそっとこぼした。

「ありがたいことやわ」

しゅんしゅんと湯の沸く音が、温かさを持ってその場に満ちた。


「温かいお茶です」

新しくテーブルの上に置かれたのは、白地に藍、朱、黄、緑の絵付けが施された、古伊《こい》万里《まり》の蕎麦猪口《そばちょこ》である。そこに熱めの湯で淹れた《碧天》がたゆたっていた。

湯気と一緒に柔らかい香気が立ち上る。

両手で湯呑《ゆの》みを包み込むと、萌は一口お茶を飲んだ。

「美味しいです」

一煎めで感じた複数の個性がそれぞれ調和してまとまりのあるお茶になっている。

同じタイミングでお茶を口にした慶がプリンを食べてから頷いた。

「ほんまや。あったかい方もプリンに合うなぁ」

「それはよかったです」

にこやかに笑った豊薫がついでのように言う。

「顔色もよくなりましたね。今日はマスクがないから慶さんの顔がよく見えます」

「あっ」

がた、とものすごい音を立てて慶がその場に直立した。ぶわわ、と真っ赤になる慶を見上げて、萌も狼狽する。

そうだった。静香を見つけてそのまま引っ張ってきてしまったので、マスクを取りに行くタイミングがなかったのだ。

「ちょっといっぺん中座するわ……」

消え入りそうな声で言うと、慶が茶寮を飛び出して行ってしまった。

店の前を横切って自宅へ駆け込む慶の姿を豊薫が面白そうに目で追っている。

嫌な思いをさせたのでは、とハラハラしながら固まっていると、静香がフードから顔を覗かせた。

「すぐに戻ってくるよ」

「そ……そうでしょうか」

「うん。慶は豊薫のお茶を残したりしないから」

当然のように確約して、静香がフードを払った。どうやら復活したらしい。

「それより、今日はどうして慶と一緒にいたの」

珍しい組み合わせだよね、と静香がこちらを窺う。

ずっと気になっていたらしく、尋ねるタイミングを計っていたようだ。

「ええと、今日は写真を撮りに清水寺に行って……そこで慶さんにばったり会ったんです」

説明しながら萌は大切なことを思い出した。

大急ぎで鞄の中から現像した写真シールを取り出すと、慶のハンカチを丁寧に避けてテーブルの上に並べる。

「その、約束した写真です。ご近所のお寺でつまらないかもしれませんが……修学旅行の中では一番印象的な場所だったので」

「へえ」

テーブルに乗り出すようにして静香が興味を示した。さりげなく豊薫がテーブルの上のグラスの配置を変える。

「清水寺って、清水の舞台が映った写真はよく見るけど、他にも色々あるんだね」

口ぶりから察するに、やはり静香は清水寺に疎いようだった。

慶の言う通り、こんなに近くにありながら行ったことがないようだ。

「境内には約十三ヶ所の観光スポットがあって、その多くが重要文化財や国宝だそうです。

地主神社も含めて見どころ満載のお寺でした」

説明していると、痛いほどの視線を感じて萌は顔を上げた。

いつの間にか写真ではなく萌を見ていた静香が、じと目で不服を申し立てる。

「それ。いつ言おうかと思ってたけど、また元に戻ってる」

「え」

「喋り方」

名前はちゃんと変えてくれたのに、と不満そうな顔で視線を写真に戻す。

「す……ご、ごめん」

「いいけど、今から敬語はなしね」

これは？　と静香が写真の一枚を指差した。

写っているのはアングルが面白いと言って撮った西門だ。

「えっと……これは西門、で……この後ろに見えるのが三重塔。西門からは夕日が綺麗に見えるんだって。今日は見れなかったけど」

慣れない言葉遣いで話しながら、いつか一緒に見れたらいいなとぼんやり思う。

だけど口にはしなかった。その誘いが静香にとって、どんな響きを持つものなのか分からなかったからだ。

路地から出られないというのは本当なのか。だとしたらなぜ出られないのか。何も知らない身では迂闊《うかつ》に踏み込めない。

そうこうしているうちに慶が茶寮に戻ってきた。

「お帰りなさい」

豊薫が店頭まで慶を迎えに出る。

布マスクでぴっちり顔を覆った慶が、恥ずかしそうに視線を外しながら豊薫に何かを押し付けた。

「これ。渡しそびれるとこやったわ」

「僕にですか」

意外そうに応じた豊薫が、手渡された白い封筒を覗いて目を瞠《みは》った。

「いつやったか妹が持っとったお守り見て、ええなぁって言うてたやろ。たまたま地主神社に寄る機会があったし、ついでにやな」

「二人の愛」

封筒からお守りを取り出した豊薫が台紙の文字を読み上げる。とたんに慶の顔がマスクでも隠せないほど真っ赤に染まった。

「ち……ちちちちゃうねん！　妹が持っとったんは旦那さんとペアやったもんの片割れで！　青いお守りこれしかなかったしやな！　別に他意があるわけやなしに……！」

ふんふん、と相槌を打ちながら豊薫がお守りのパッケージを開ける。本来ならカップルで持つはずのお守りを二つとも台紙から取り外すと、赤い方を慶に差し出した。

「では、これは慶さんに」

「……え」

ぽかんと豊薫を見上げた慶はもう首まで真っ赤だ。

「青いのを僕にと思って買ってきてくれたんですよね。それなら赤い方は慶さんが持っていてください」

「は……」

「はい。しっかり持って」

問答無用で慶の手に赤いお守りをねじ込むと、豊薫がにこにこ笑って「ありがとうございます」とお礼を言った。

「豊薫さんはあれ……わざとなのかな」

店先でフリーズしている慶を見ながら、萌は恐る恐る静香に尋ねた。

たぶんね、と静香が呆れたように息をつく。

「こすいやつやねん」

ぽろりとこぼれた京言葉は、初めて会った時にも聞いた言葉だ。

「あの、こすいってどういう意味？」

「え？」

「方言かと思ったんだけど……」

「俺、そんなこと言ってた？」

無意識だった、と口元をこすって静香が言う。

「ずるいって意味。ちなみにいけずが意地悪で、しかついが真面目な、とかそんな意味」

「あ、『いけずでしかついお師匠さん』」

豊薫が慶の師匠について言及した時のことを思い出して、今更ながらに理解する。

そうそう、と頷いた静香が豊薫を眺めて口角を上げた。

「ああ見えて、豊薫はいけずでこすいやつやで」

語尾が訛ったのは、たぶん無意識だろう。

結局その日は店を開けず、四人でのんびりお茶会を続けることになった。

オレンジ色の日差しが茶寮に入り込む時刻。

慶と静香を席に残して豊薫と後片付けをしていると、間の抜けた声が茶寮に飛び込んできた。

「しーちゃーん。豊薫さーん。助けてぇ」

どたばたと騒々しく店内に入ってきたのは路地の住人で大学生の櫟祐輔《くぬぎゆうすけ》である。

キッチンまで入り込んできた祐輔に、豊薫が「どうしました」と顔を見せた。

「男手が欲しいねん。ピアノ運びたくてやなぁ」

「ピアノ？」

「アップライト、ピアーノ！」

大きな体でバンザイする祐輔が子どものように相好を崩す。

「院生の先輩がくれたんや。中古の中古やけど、ちゃんと鳴るんやで」

すごいやろう！　とにこにこする祐輔に静香が尋ねた。

「祐輔ピアノ弾けるの？」

「まさか！　せやから触ってみたいんやないの」

はあ、と呆れたように静香が半目になる。

苦笑しながらエプロンを外して、豊薫がキッチンを出た。

「祐輔くん。君、前もどこかの先輩にお下がりのギターやらオカリナやらもらってませんでしたっけ」

「そうそう。よう覚えてはるなあ」

「時々聞こえる音がなかなか上達しないので」

「そやねん。楽器って難しいねん」

「一つに絞って練習しては？」

手厳しいコメントを返しつつ、豊薫が祐輔についていく。

なんだかんだと静香も席を立つから、根がお人好しの人たちだ。

「慶さんも萌ちゃんも見に来ぃひん？　ピアノ、でっかいでぇ」

子どものような誘い方にかえって興味を惹かれた。

全員で茶寮を出ると、路地門の前には軽トラックと毛布で簀巻《すま》きにされたピアノが待っていた。

荷台の上でピアノの固定ロープを解いていた人物が、こちらを見てにやりと笑う。

「路地の男手、みんな連れて来よったな」

服の上からでも分かるしっかりと筋肉のついた引き締まった体。アシンメトリーの短い黒髪。顎には無精髭《ぶしょうひげ》。

タレ眉にキツネ目が常に笑っているように見えるのだが、冗談みたいにたくさん空いたピアス穴と左のこめかみに残る古傷の跡が何というかカタギっぽくない人だ。

「橘花《きっか》まで引っ張り出したの」

やれやれ、と静香が祐輔を見上げる。

雪木《すすき》橘花は路地の入り口に面したパン屋の主人だ。夫婦で店を営んでおり、橘花の厳つさに反して奥さんはフランス人形のように可愛らしい人である。

社交的な奥さんは茶寮に来ることも多いので顔見知りだが、橘花の方はほとんど関わりがない。萌が恐々会釈をすると、笑って片手を上げてくれた。

「他にトラック持っとる人思いつかへんかったしなぁ。頼んでみたら協力してくれてん」

「何が『頼んでみたら』や。人の休日に叩《たた》き起こしてからに」

文句を言うものの橘花の目は笑っている。

祐輔とは十ほど歳が離れいるはずだから、手のかかる甥《おい》か弟のように思っているのかもしれない。

「ほんならちゃっちゃとすませよか。豊薫と祐輔は下で受けろや。静香お前、俺と一緒に持ち上げられるか」

「やってみる」

橘花の指名を受けて静香が荷台に上がる。

もやしっ子にしか見えない静香の細腕に萌は少し心配になったが、男性陣は危なげなくピアノの搬入を行った。

思えばみんな古い長屋暮らしなのだ。修理したり運び込んだりはお手のものなのだろう。

「やったー！　これで俺のピアノライフが始められるわ！　みんなおおきに！」

竜巻のように人々を巻き込む祐輔が、それでも愛されるのはこういうところだ。

感情表現が素直で分かりやすく、無邪気な子どもみたいで憎めない。

大きなガラクタ予備軍を運び込まされた面々は、しょうがないなあと苦笑しつつもまんざらでもなさそうだった。

「そうや、ほんならみんなでピアノの引越し祝いしよか！」

ぽん、と両手を打って祐輔が提案する。

「角にできた和食屋さんが美味しいて評判やねん。萌ちゃんと慶さんもどない？」

「ピアノの引越し祝いってなんですか？」

真面目に尋ねた萌に慶が苦笑する。

「なんでもええねん。楽しくご飯食べられれば」

橘花が笑いながらトラックの運転席に乗りこんだ。

「俺んとこは後から合流するわ。椿《つばき》、京都駅で買い物してんねん。迎えに行かな」

椿というのは橘花の奥さんのことである。

路地に駐車場はないので、いずれにしても車を置いて来る必要がありそうだ。

「ほな、俺らは先に行って席とっとこう」

超ド級でマイペースの祐輔が、たまたまそばにいた静香の首元にがっちり腕を回した。

「ちょ……っ、苦しい……！」

そのまま他の人の都合も聞かずに祐輔が意気揚々と静香を引きずっていく。

あっけにとられた面々の中で最初に我に返ったのは豊薫だった。

「祐輔くん」

呼びかけはしかし、結果的には間に合わなかったといえる。

引きずられていた静香が頭上に迫る路地門を目にして、びくりと体を震わせた。

「い……嫌だ！　嫌だ！　俺は行けない！」

悲鳴を上げて静香が祐輔の腕の中で暴れる。

初めて聞く静香の怯《おび》えた声に、萌は心臓が止まるほど驚いた。

ひゅう、と呼吸の引き攣《つ》れる音がする。がたがたと全身が震えだす。

傍目《はため》にも分かるほど真っ青になった静香が苦しそうに祐輔の腕の中で丸まった。

「しもた。あかんわ」

祐輔が静香を抱えるようにして路地に引き返して来る。

その腕から静香を受け取って、豊薫が弟の背中をさすった。

「かんにん、しーちゃん。うっかりしてたわ」

声を落とした祐輔がぶるぶる震える静香の頭をそっと撫でる。

うまく吸い込めない呼吸に咳《せ》き込みながら、静香が小さく嗚咽《おえつ》を漏らした。

――何だ。何が起きている。

一瞬のうちに起こった出来事に、萌は打ちのめされていた。

静香の悲鳴も、大声も、泣き声も初めて聞いた。

あんな風に取り乱すのも、こんな風に震えているのも初めて見る。

普通ではない静香の様子に心が竦んで、萌は窒息するような緊張感に溺れた。

「萌ちゃん」

気遣う声で呼びかけたのは慶だ。

「びっくりしたなあ。でも大丈夫やで。初めてやないし、路地の中にいればすぐに落ち着くから」

過呼吸を起こしかけている静香より、よほど酷《ひど》い顔をしていたのだろう。車から降りた橘花も萌の方に歩み寄って来た。

「嬢ちゃん、初めて見たんか。そら怖かったなあ。大丈夫やからそんな顔しなさんな」

強面《こわもて》のどこからそんなに声が出るのかと思うほど優しい声で橘花が萌をなだめる。

――そうか。これか。これのせいで静香は路地門から出られないのか。

「どうして……」

誰にともなく問いかけた萌に、慶と橘花が顔を見合わせる。

困ったように眉を下げて、慶が答えた。

「どうしてなのか、誰にも分からへんのよ。この路地に越してきて、しばらくしてからあなってしもてなぁ。せやから静香くんは学校にも行かれへんし、清水さんにも行かれへんし、ご両親のお墓にも、お参りできひんのや」

お礼をくれるなら写真がいい。そう言った静香の心中を思って萌は泣きたくなった。

荒い息遣いの中で静香が必死に「俺は行けない」と繰り返す。

その悲痛な声を、萌はそれからずっと忘れることができなかった。

三章　星渡る夏の茶の湯

「――で、手先を胴帯の中に差し込んだら帯を回して、結びを背中に持っていっておしまい」

夏休みにはまだ少しある、七月の日曜日。

ＫＡＯＲＩ茶寮のキッチン奥、四畳半ほどの控え室にて、萌《もえ》は静香《しずか》から着付けの手ほどきを受けていた。

そろそろ和装にチャレンジしてみましょうか、と豊薫《ゆたか》が言い出したのは最近のことで、どうやら手軽に着られる浴衣の時期を待っていたらしい。

今日、いつものように出勤すると萌の分の浴衣が用意されていて、着てみてくださいと控室に詰め込まれてから三十分ほど経《た》つ。

「歩きにくいなと思ったらこうして両足を開いて少しかがむといいよ。股割りって言って腰元の締め付けを緩ませる方法で、足が動かしやすくなるんだ」

言いながら横で実践して見せてくれる静香は、今日も今日とてフード付きパーカーを着ている。オーバーサイズの半袖パーカーは真夏の雲のように真っ白で、あさぎ色のジーンズと合わせると涼しげな印象だった。

「慣れるまでは時間がかかると思うけど、自分で着られるようになると苦しくないところでしっかり帯を締められるし、楽だよ」

畳に膝をついて静香が細部の微調整をしてくれる。

「ありがとう。慣れてるんだね」

苦労の甲斐《かい》あって、最近では静香の希望通り敬語を抜いて話ができるようになっている。

手慣れた様子に感心すると、静香が少しはにかんだ。

「うちは母が節目節目に着物を着たがる人だったから、豊薫も俺も、自分で着られる程度には叩《たた》き込んだ」

母親のことを口にする静香の瞳に寂しげな色がなくてほっとする。

秘密箱の謎が解けた日。路地門を前に異変を起こした静香は、今ではそんなことなどなかったように落ち着いた日々を過ごしていた。

あの日のことについては後に静香から「びっくりさせてごめんね」と一言謝られている。

なぜ路地門から出られなくなったのか、それは本人にも分からないようで、だから萌もそれきり話を蒸し返したりはしなかった。

畳の上に腰を下ろして静香が萌を見上げる。

「でも、女の子の着付けまでは分からなかったから、この着方は祐輔《ゆうすけ》に聞いたんだ」

「え……祐輔さん？」

「うん。あいつの家、着物問屋だから。実家にいた頃は着付け教室とかも手伝ってたみたいで、色々詳しいよ」

荷物をまとめて部屋の隅に置くと、静香と一緒に控室を出る。

キッチンのこちら側にいた祐輔が目ざとく萌を見つけて相好を崩した。

「おー！　よう似おてるやん。可愛い、可愛い」

白地に薄紫と水色の朝顔の柄が入った浴衣を見立ててくれたのは祐輔だという。若草色の帯も黄色の帯紐《おびひも》も彼のセンスだ。

可愛い組み合わせだなと思ってはいたが、褒められるとむず痒《がゆ》い。

反射的に静香の背中に隠れると、「何で隠れんのー!?」と祐輔が騒いだ。

「祐輔君、お客さんがいらっしゃるのでもう少し静かに。萌さん、似合ってますよ」

祐輔を嗜《たしな》めてから豊薫がそつなく褒める。

「仕事着なのであまり華美にならないものを選んでもらいましたが、やっぱり女の子の浴衣は華やかさがあっていいですね」

そう言う豊薫のいでたちは涼やかなペールグリーンの着流しだ。夏らしく透け感のある絽《ろ》の着物で、相変わらず見事な着こなしである。

「髪がなぁ。短いからそのまんまやけど、やっぱなんか飾ったげたいなぁ」

「動きを阻害しないものなら構いませんよ」

「バレッタとかやったらええかな。色味が明るかったら映えるやろう」

考えながらぐいぐい近づいてくる祐輔に圧倒されて、萌は静香の後ろで身を縮めた。

「ちょっと」

静香が祐輔の顔を平手で押しのける。

「祐輔、近い。あっちに行って」

無碍《むげ》もない言葉だが、祐輔にめげる様子はない。

「しーちゃんさては焼きもちやな」

「や……」

からかわれた静香が一瞬絶句する。

「焼きもちじゃないっ」

傾きかけた体を立て直して、静香が祐輔に噛《か》み付いた。

「そない言うてー。俺が萌ちゃんに着付け教えたるっていうんをわざわざ習いに来てまで代わったんはしーちゃんやろう。萌ちゃん独り占めにしたかったたんやぁ」

「それは……！　祐輔と二人だと萌が緊張すると思って！」

腰紐締めるとこまでは萌が一人でやったし！　と静香にしては大きな声で抗議する。

わざわざ言わなくても、最低限の下準備が終わるまで静香が控え室の外にいたことは祐輔も知っているはずだ。いいように煽《あお》られて静香が耳まで真っ赤になった。

「あはは！　なんや、なんや、照れんでもええのに——痛あっ！」

ごん、といい音がしたかと思うと祐輔が脳天を押さえてその場に蹲《うずくま》る。

そばに立つ豊薫の利き手が拳を握っているので、ゲンコツを落とされたのだろう。

「やりすぎです。そしてうるさい」

にこやかに祐輔を見下ろす豊薫の目が笑っていない。笑顔のまま怒る人なのだ。

「……いちびんなや」

何か言って、静香がフードを目深《まぶか》に被る。

逃げるようにその場を離れる弟を目で追うと、豊薫が困ったように肩を竦《すく》めた。


プシュ、と軽快な音を立てて炭酸の口が開かれる。

涼やかなガラスの急須にしゅわしゅわの液体が注がれるのを見つめながら、萌は胸を高鳴らせた。

じゃれるのはいいけどやりすぎは駄目、と叱《しか》られた祐輔は罰として住居部のトイレ掃除に追いやられている。

むくれた静香はソファ席で丸くなって文庫の世界に逃避行中だ。

豊薫が淹れているのはカウンターにやってきた常連客のためのもので、何か変わったお茶を、というオーダーに応えた一品だった。

「この《走り》は静岡県本山《ほんやま》の農家さんが香駿《こうしゅん》という品種で作ったシングルオリジンです。香りと旨味が強い個性的な煎茶ですから、炭酸の刺激にも負けません。今日は暑いので、冷たくて飲み口の軽い、さっぱりしたお茶を淹れましょう」

メモを取るのも忘れて目を輝かせている萌に、豊薫が楽しそうに笑う。

「お茶本来の味を楽しんでもらいたいので普段はメニューに入れませんが、ミルクで淹れたり、リキュールを入れたり、日本茶は色々と遊べる飲み物なんですよ」

手際よく急須からグラスへとお茶が注がれていく。

琉球《りゅうきゅう》ガラスだという透明なグラスにはふつふつとした気泡が練りこんであって、はじけるお茶を入れるのにぴったりの器だった。

「はじめに、茶葉と氷と少量の水で十分ほど濃い出しにしたお茶をグラスに注いでおきます。次に同じ茶葉に炭酸を入れて二分程度待ったら、先ほどのお茶に注ぎ足してできあがりです。お好みでレモンを絞ってもキリッとしていいですよ」

「炭酸に、レモン」

聞けば聞くほど不思議な組み合わせだ。一体どんな味わいなのだろう。

盆の上にグラスを二つ乗せると、萌に差し出しながら豊薫が微笑んだ。

「炭酸が抜けてしまうので、先にカウンターのお二人に提供してください。その間に萌さんと静香の分を淹れておきますから」

ちゃんと味見させてあげますよ、と約束されて恥ずかしくなる。そんなに物欲しそうにしていただろうか。

豊薫から盆を受け取って、萌はカウンター席に向かった。

「せやからねぇ、おばんざいパンていうのを作ったらどないやろと思うて」

「ハァ。おばんざい言うてもあんた、色々ありますやろ」

「せやから、瑞江《みずえ》さんに相談させてもろてるんやないですかぁ」

明るい声で隣のご婦人に話しかけているのは、路地の住人でパン屋の雪木椿《すすきつばき》だ。橘花《きつか》の妻でもある彼女は、ふわふわとウェーブがかった栗色の長い髪と、ぱっちりとした二重の瞳が西洋人形を思わせる華やかな顔立ちをしている。

三十前後で夫の橘花の方がわずかに年上らしいが、甘え上手で押し切り上手の椿の方が力関係は優勢のようだ。

路地には五年ほどいるそうで、その前のことは誰も知らない。

椿の隣に座るのはこの路地で最長老の錦《にしき》瑞江である。

白髪をおかっぱに切り揃《そろ》えた背の低いご婦人で、御歳《おんとし》七十歳。豊薫の祖父母が京都に住んでいた時代からこの路地に住んでいるそうだ。

夫とは死に別れ、息子は県外に住んでいるという。

あまり笑わず、突き放すような言葉選びをする瑞江は萌にとって緊張する相手だ。

二人ともＫＡＯＲＩ茶寮の常連客で、今日は連れ立ってやって来た。漏れ聞こえる話から察するに、椿が店の新作について瑞江に相談を持ちかけているようだった。

「し、失礼します」

慣れない浴衣と話の間に割って入るという緊張感で、声が細くなる。

あら、と気づいた椿が笑顔で萌を迎えてくれた。

「ええわね、萌ちゃん。浴衣似おてるわ。ついに和装デビューやな」

「はい」

袖に気をつけながらグラスを二つカウンターに置く。

何気ない所作に瑞江が目を鋭くした。

「待ち」

ぴしり、と動作を遮られて萌の心臓が縮み上がる。

何か粗相をしただろうか。

不安になっていると、瑞江がす、と利き手をグラスに伸ばした。同時に反対の手で利き手の下の空間をつまむようにする。

「袖はこうして押さえなはれ。邪魔にならへんし、動きが綺麗《きれい》に見えるさかい」

「は、はい」

言うだけ言うと、瑞江はさっさと自分の分のグラスを手元に寄せた。

言い方はぶっきらぼうだが、今のはきっと親切だ。

もしかしたら面倒見のよい人なのかもしれない、と萌は瑞江の印象を少し改めた。

「えっと……《走りソーダ》です」

「ソーダ？」

「まあ、珍し」

お茶を紹介すると、場がぱっと明るくなった。

なるほど。変わり種にはこういった効果もあるらしい。

パチパチとはじける液体を興味深げに覗《のぞ》き込んでから、それぞれグラスに口をつける。

まー、と先に反応したのは椿だった。

「さっぱりしたお茶やわぁ」

「ジントニックみたいやな」

カクテル名を挙げたのは瑞江だ。

瑞江さんたらしゃれたお酒知っとるわぁ、と椿がころころ笑う。

「せやけど確かに。言われてみれば苦味とドライな香りがジントニックに近いかもしれへんわね。ライムやレモンが入ったらもっと印象が近づくかも」

楽しい。美味しい。珍しい。はしゃぐ二人の邪魔にならないよう、萌は小さく頭を下げてその場を離れた。

「どうしました」

考え事をしながらキッチンに戻ると豊薫に声をかけられた。

「あ、いえ。豊薫さんはすごいなぁ、と思って」

意外な返しだったようで、豊薫が興味深そうに視線を寄越す。

「お客さんのニーズに合わせて美味しいお茶を淹れられるなんて、すごいことだなと思ったんです」

美味しいという感動は喜びだ。

人を喜ばせる技術を身につけた豊薫のことを、萌は純粋に尊敬した。

「それはありがとうございます」

スマートな返しで豊薫が微笑みを浮かべる。

不必要に謙遜しないところがこの店主の魅力だと萌は思った。

「でも、この店で一番美味しくお茶を淹れられるのは僕ではありませんよ」

「え？」

「静香です」

断言する豊薫の言葉は、萌にとって驚くべきものだった。

確かに静香は豊薫に負けず劣らずお茶に詳しい。多くを語らないだけで銘柄から特徴、歴史まで、豊薫に負けない知識を持っているようだ。

しかし一方で、萌は静香がお茶を淹れる姿を見たことがなかった。

知っているからといってできるわけではないのだろうな、と思っていたのだが……違うのだろうか。

「日本茶を美味しく淹れるには、いくらかの知識や技術が必要になります」

プシュ、と炭酸を開ける音がする。

「茶葉の状態、その日の湿度や気温、使用する茶器の形状から抽出にかける時間を微調整するには経験も必要です。僕はその辺りのことを理詰めで行いますが、静香は感覚でできるようですね。天性の勘があるのでしょう。もしくは弟だけが知っている秘訣《ひけつ》があるのか」

いたずらっぽく笑って、豊薫が炭酸を急須に注いだ。

炭酸の刺激を受けて急須の中の茶葉がむくむくと膨らんでいく。

先ほどと違って甘い香りがするのは、豊薫が手にしているのがソーダではなく、甘味と香料で味を整えたサイダーだからだ。

「ただ、どういうわけか静香はめったに自分でお茶を淹れません。飲みたい時は必ず僕にねだるし、僕がいなければ口にしない。ごくたまに気が向くと淹れてくれますが、それも数えるほどしかありませんね。はい、どうぞ」

おしゃべりを終えると同時に、豊薫が二人分のお茶が乗った盆を差し出した。

「《走りサイダー》です。苦味が引き立つソーダより、甘味のあるサイダーの方が飲みやすいので」

つまり子ども用ということか。

お茶に関することで子どもだからと豊薫が出すものを変えるのは初めてのことだ。

珍しいなと思っていると、豊薫が声を落として萌に耳打ちした。

「ああ見えて静香は苦いものが苦手なんですよ。コーヒーもブラックじゃ飲まないし野菜も苦味のあるものはよけますしね。前にソーダで出したら渋い顔をされたので、今日は違うものにしてみました」

苦いものが苦手なんてなんだか少し可愛らしい。

口には出せない感想を胸に秘めて、萌は盆を受け取った。

「それからこれは萌さんに」

こん、と盆の上に小さな茶杯が乗せられる。

「《走り》です。お茶本来の味も覚えて欲しいので、オーソドックスに淹れたものも用意しました。おやつ時は過ぎてしまいましたが、静香の席で一服してください」

忙しくない時間帯になると、豊薫はこうしてお茶の時間を設けてくれる。

働いている時間にのんびりするなんて気が引けるのだが、そう言うと決まって「たくさん飲んで覚えるのも仕事」と返されてしまうので、今では素直に従っていた。

キッチンを出たところでニッチに飾られた染め布が目に入る。

相変わらずの前衛デザインが目を引く作品は慶《けい》の新作だ。

以前飾られていたものから少し変わったのは配色だろう。四季を感じさせる伝統色の組み合わせが奇抜なデザインに懐かしさという親しみを与えていた。

最近は集中して作業を行なっているようで、長屋に引きこもっている慶とはしばらく顔を合わせていない。何にしても、慶に再び活力が戻ってきたのは喜ばしいことだった。

「静香くん、《走りサイダー》です」

真夏の雪だるまのようになっていた静香の背中がぴくりと動く。もそもそと動いて萌を見上げると、うん、と頷《うなず》いて萌の手からグラスを受け取った。

静香のクールダウンは比較的短い。外界を遮断して気持ちを落ち着かせると、すぐに元どおり反応してくれるようになる。

気持ちの切り替えが早いのだ。引きずりやすい萌からしたら、羨ましいことだった。

フードを取り払った静香が、目の高さまでグラスを持ち上げる。ぷちぷちとはじけるサイダーの香りに兄の気遣いを読み取ったようで、ほんの少し口角が上がった。

向かいの席に腰を下ろすと、静香がちらりとこちらに目を向けた。

「先に《走り》の味を見た方がいいよ」

なぜとかどうしてとか、そういう理由は説明しない。

飲めば分かるということかな、と萌は言われた通り茶杯に手を伸ばした。

穏やかな温かさを保ったお茶を一口飲み込む。ふわり、と香気が体の中を通り抜けた。ほのかな苦味と引き締まった旨味。蒸した夏の野原のような香りが身体中にしっとり広がっていった。

「苦味が切れ味になっていて、美味しい」

萌の感想に静香が嬉《うれ》しそうに頷く。次に萌はグラスの中のお茶に口をつけた。

「わあ、ジュースみたい」

フレーバーの甘味の中に《走り》の香りがしっかりと混じっている。

甘味が足された分、飲みやすさが増してごくごくと飲んでしまえそうだ。

《走り》の爽やかな香りとパチパチはじける炭酸の刺激も心地いい。

最初に《走り》を口にしていたからこそ、サイダーで割った時の効果もよく分かった。

これは楽しい。

静香を見ると、こちらも口をつけた後に満足そうな表情を浮かべていた。

タイミングを見計らって、豊薫がもう一つグラスをテーブルに持ってくる。

三つ目のグラスを見た静香が嫌がらないのを確認してから、住宅部へと続く階段を上がっていった。

きっと祐輔に休憩のお許しが出るのだろう。

家族のように遠慮のない関係がなんだか面白くて、萌は一人そっと笑った。


ぴいひょろと笛の音が聞こえてくる。

祭囃子《まつりばやし》に近づくために、萌は足早に人混みを抜けて行った。

七月になると京都では約千年の歴史があるという八坂《やさか》神社の伝統祭礼、祇園祭《ぎおんまつり》が始まる。

貞観《じょうがん》の時代、京の都に疫病が流行《はや》った折に厄災除去を祈って始まった祭礼で、七月一日から三十一日までの一ヶ月を通して行事が行われる全国でも有名な祭りの一つだ。

その十日目に当たる今日は、『神輿《みこし》洗い』の神輿を迎えるために行列を組む『お迎提灯《むかえちょうちん》』の日であった。

人がたくさんいる場所が苦手な萌にとって、お祭りはいつも遠くから眺めるものだった。

積極的に参加しない分予定にも疎く、昨年は詳しいことを知る前に夏が過ぎてしまったが、今年は違う。

先日たまたま豊薫から祭りの日程を聞く機会があり、萌はそれをしっかり覚えた。今日のお迎提灯は様々な仮装をした人々が神社を出発して市中を練り歩くそうだ。見応えがあると聞いて、萌は学校帰りに急いで祇園にやって来た。

人だかりの隙間から顔を覗かせようと必死になっていると、後ろから押されて前の人にぶつかってしまった。

「ご、ごめんなさい」

いえいえ、と言いかけた長身の背中が「あれ」と萌を振り返る。

「萌ちゃんやん。奇遇やなぁ」

聞き馴染《なじ》みのある声に顔を上げると、祐輔がこちらを見下ろしていた。

「提灯見に来たん？」

「えっと、はい。写真を撮りたくて」

「写真？」

「スマホカメラですけど」

やり取りの間に、祐輔が萌を自分の体の前に入れてくれる。

「あっ、分かった！　しーちゃんやな。萌ちゃんこないだ清水《きよみず》さんの写真あげたやろう」

「な、なんで知って……？」

最前列に押し出してくれた祐輔を仰ぎ見ると、明るい笑い声が落ちてきた。

「なんでって、しーちゃん一番のお気に入り、いつも読んどる文庫に挟んどるもん。たまたま見かけたから『なんやのー？』って取り上げたらめちゃくちゃキレとった。あはは」

「あははは って……」

高校生の男の子相手にずいぶんと大人気ない話である。

歳の割に落ち着きのないこの人は、静香に対して子どものようなちょっかいを出しては鬱陶しがられていた。

「そん時豊薫さんにめっちゃ叱られてなぁ。あれは萌ちゃんがしーちゃんのために撮ってきたもんで、大事にしとるんやから遊んだらあかん、て」

しーちゃんよっぽど嬉しかったんやろな、と何気なく続けた祐輔の言葉に顔が熱くなる。

気に入ってもらえたのなら、嬉しい。

ほっとするような、恥ずかしいような気持ちがこみ上げて、萌はこっそり息を吐いた。

「……あの、祐輔さん」

話題の隙間を捕まえて、萌はおずおずと祐輔に話しかけた。

「この間言いそびれてしまったんですが……浴衣、選んでくださってありがとうございました」

「あー」

折り目正しく頭を下げた萌に祐輔が両眼を細める。

「ええねん、ええねん。俺、着物触るの好きやから」

「お家が着物問屋さんだって聞きました」

一瞬、祐輔が何とも言えない表情をした。

困ったように。寂しそうに。少し笑ったかもしれない。

「高いもんとちゃうし、洗える素材の浴衣やから汚れを気にせんと動いて大丈夫やで」

微妙に話題を逸《そ》らした祐輔に、萌は少し驚いた。

誤魔化されたことに、ではない。実に器用に煙《けむ》に巻いたことに、である。

萌の知る祐輔は無邪気で人懐っこく、機微に疎い子どものような人だった。しかし束の間見た表情の移り変わりはそれとは全く真逆の、繊細で大人びた印象を萌に与えたのだ。

そういえば今日の祐輔は萌が苦手とする距離の詰め方をしてこない。声もテンションも抑えられていて、威圧感を感じさせなかった。

――もし。

もしこれが意図した振る舞いなら。いつも見ている祐輔は、彼がそのように見せたかりそめの姿なのかもしれない。

そんなことを考えていると、祐輔が萌の注意を引くように軽く背中を叩いた。

「ほら、せっかく前に出たんやからしっかり撮り！　戻りは遅うなるし辺りも暗なるさかい、撮るなら今やで」

「そ、そうでした」

目的を思い出して、萌は慌ててスマホを構えた。

祐輔の言う通り、放課後に駆けつけてまで祇園に赴いたのは、静香に渡すための写真を撮りたかったからだ。しっかり撮ろう、と萌はスマホの中の行列を見つめた。

お迎提灯は子どもたちが主役の行列らしく、武者や赤熊、小町踊りの少女たちはみんな幼い。色とりどりの装いで歩いていく姿はなんとも愛らしくて、萌は夢中になってシャッターを切った。

「あれっ、鶴がいます」

人一倍目を引くいでたちの子どもたちが目の前を通る。

真っ白な装束を身に纏《まと》い、背中には羽。頭には首の長い白い鳥の被り物をつけていて、鳥の頭上には小さな赤い傘が取り付けられていた。

白、赤の組み合わせにとっさに鶴を連想したのだが、祐輔がこれを否定した。

「あれは鶴やのうてサギやね。鷺《さぎ》って漢字を当てるんやけど、もとはカササギだったたっちゅう話や」

「カササギ」

「知らん？　七夕に出てくるカササギの話」

祐輔によれば、天の川を境に引き裂かれた織姫《おりひめ》と彦星《ひこぼし》は、年に一度会うことを許された七夕の日にカササギに乗って逢瀬《おうせ》を重ねるのだという。

地域によって伝承が異なるので、カササギが橋になったという説もあるらしい。

「そのせいか知らんけど、カササギは幸福を招く鳥やって考え方があるんよ」

どこか懐かしそうに、祐輔が子どもたちを見送った。

行列を見送って本能寺に回り込み、恐ろしいほどの人混みの隙間から舞楽奉納を眺める。

写真は道々フォトプリンターを使って現像したので、最後は茶寮に寄ってから帰ろうと、祐輔と一緒に路地に向かった。

「さすがに舞楽奉納はブレブレやなー」

「はい。でも雰囲気だけでも分かるかと思ってプリントしてみました」

祐輔の間合いにも慣れてきて、雑談を交わしながら路地門をくぐる。と、突然鋭い声が耳を打った。

「お兄ちゃん！」

打撃するような声に体が跳ねる。

見ると茶寮の前に豊薫とセーラー服の女の子が立っていた。

「栞里《しおり》……」

茫然《ぼうぜん》と立ち尽くした祐輔をめがけて女の子が突進してくる。

「お兄ちゃん、お兄ちゃん、お兄ちゃん！」

体当たりするようにしがみつくと、女の子が祐輔に訴えた。

「私もう嫌や！　あの家にいるの嫌！　お母さんなんか大嫌い！」

「栞里」

酷《ひど》く落ち着いた声で祐輔が女の子を嗜める。

「そないなこと言うな」

一瞬、萌はそこにいるのが誰なのか分からなかった。

人懐っこくて子どもっぽい祐輔の姿はそこになく、大人びてどこか寂しそうな青年が栞里を見下ろしている。

だって、と栞里が声を震わせた。

「お母さん、私の大事にしてた櫛《くし》盗ったんや！　お兄ちゃんがくれた、カササギの櫛」

騒ぎが気になったのか静香が茶寮から顔を出した。瑞江も長屋から半身を覗かせている。

祐輔が小さく小さくため息をついた。

「分かった。話聞くから家入ろ」

しがみつく手を優しく解《ほど》いて、祐輔が長屋の鍵を開けに向かう。

その背中に、栞里がぽつんと呟《つぶや》いた。

「何でお兄ちゃん、私を置いて家を出たんよ」


翌日の土曜日。

少し早めに茶寮に着くと、静香が控え室までついてきた。

着付けが気になるのかと思ったが、萌が浴衣を身につけている間、部屋の外でぼんやりと暇を持て余している。

白地に藤の花が描かれた浴衣を苦労しながら身に纏うと、萌はそっと控え室の襖《ふすま》を開けた。まるで先生に出来を見てもらう生徒のような気分だ。

ちらりとこちらを見た静香が、自分のパーカーの背中を掴《つか》んで見せた。

「帯の中に手を入れて背の部分をこうして少し引き下げてみて。衿《えり》を抜く、というんだけど、うなじに空間をもたせることで窮屈さをなくすんだ。着物ではこぶし一つ分くらい開けるけど、浴衣だからそこまで大きく開けなくていい」

言われた通り浴衣の背を引っ張って、腰帯で留める。歪《ゆが》んでしまったおはしょりを静香が整えてくれた。

「昨日はどうして祐輔と一緒にいたの」

ついでとばかりに帯の形を直しながら静香が尋ねる。

え、と背後を振り返ると夜色の瞳が萌を見返した。

「一緒に路地に入って来たでしょ」

「……えっと」

昨日、予期せぬ事態に遭遇してしまった萌は、動揺のあまり茶寮には寄らず、路地を後にしていた。

騒ぎもあったたし、こちらには気づいていないだろうと思ったのだが、静香はしっかり萌を認識していたようだ。

部屋の隅に置いていたバックを引き寄せると、萌は中からプリントアウトした写真を取り出した。

「これ」

受け取った静香が不思議そうに首を傾ける。

膝をついていた静香に合わせて畳に座ると、萌はたどたどしく説明した。

「先週、豊薫さんからお迎提灯の話を聞いたから、静香くんにも見てもらいたいなと思って写真を撮ったの。祐輔さんとは偶然会って、行列を案内してもらって。写真をたくさん撮ったから、帰りに茶寮に寄って静香くんに渡そうと思ったんだけど……その」

その後の出来事は静香も承知しているはずだ。

「なんで」

怪訝《けげん》そうに眉を寄せて静香が短く問う。

「お礼ならもう、もらったのに」

「ええと、そうなんだけど」

珍しいなと思うもの、綺麗だなと思うもの、楽しいと思うものを静香と共有したい。ひとりよがりかもしれないけど、先日清水寺の写真を挟んで語り合ったのが楽しかったから。そんなことをしどろもどろに説明すると、静香がふうん、と俯《うつむ》いた。

写真をめくる横顔がほんのり赤かったので、嬉しかったのかなと勝手に解釈する。

「これはなに？　鶴？」

静香が示したのは萌も見間違えたあの仮装だ。写真に写っている子どもは大きく両手を広げていて、ちょうど翼を広げたような姿に見える。

本能寺《ほんのうじ》で運良く写すことができた、数少ない舞いの写真の一つだった。

「カササギだって。七夕で織姫と彦星を橋渡しするっていう鳥」

——お兄ちゃんがくれた、カササギの櫛。

ふいに栞里の言葉が蘇《よみがえ》って、萌は祐輔が心配になった。

あれから祐輔はどうしただろう。あの子は家に帰っただろうか。

明らかに揉《も》め事の気配を背負ってきた栞里も、彼女を受け入れた祐輔も気がかりだった。

無言になった萌を静香が気遣わしげに見つめる。そこへ、

「ごめんやすー」

聞き慣れた声が茶寮に響き渡って、萌は静香と顔を見合わせた。

控室を出てホールを覗くと、祐輔がソファ席にダイブするところであった。

静香が愛用している席の正面、二人がけのソファから、寝そべった足がはみ出している。

「ちょうど何か淹れようかと思っていたところですが、祐輔くんも飲みますか」

「飲むぅー」

間延びした声と態度は萌のよく知る祐輔のものだ。

開店前で他にお客もいないからか、豊薫は祐輔を咎《とが》めたりはしなかった。

「二人とも、一緒にどうですか」

キッチンに入って来た豊薫が様子を窺《うかが》っていた萌と静香に声をかける。

はい、と応じた萌の横で、静香がじっと兄の顔を見つめた。

「甘いお茶を淹れるよ。疲れが取れるから」

豊薫の言葉に静香が眼差しを和らげる。うん、と頷いて、後は任せたとばかりにキッチンを出ていった。

「萌さんもどうぞ、座ってください」

促されて、おずおずとキッチンを出る。

ソファ一台分を祐輔が占領していたので、萌が呼ばれたのは静香の横だ。

腰を下ろすと、萌は正面の席で潰れている祐輔にそっと声をかけてみた。

「大丈夫ですか」

どこまで踏み込んでいいのか分からず、どうしたんですかとは聞けなかった。

うう、と呻《うめ》いた祐輔がうつ伏せのまま両足をばたつかせる。

「全っ然大丈夫やないー！　全っ然！」

駄々っ子のようである。呆気《あっけ》にとられていると静香が短く言った。

「甘えてるんだよ」

「甘えて……」

なるほど。腑《ふ》に落ちて、萌は妙に感心した。

路地の住人たちに見せる顔と萌に見せる顔、栞里に見せる顔がそれぞれ違うのは、相手に対する甘えの大きさが違うからなのだ。

いや、しかし。だとすると祐輔にとって妹の栞里は、知り合って間もない萌より気を張る相手ということになってしまう。

考え込んでいると、豊薫が盆を片手にキッチンから出てきた。

盆の上には背の高いグラスが四つ。中には氷と、抹茶ミルクに似た飲み物が入っていた。

一つ一つ丁寧にお茶を提供してから豊薫がにっこり微笑んだ。

「どうぞ。煎茶ミルクティーです」

「せ、煎茶？」

思わず聞き返す。

抹茶ミルクはよく目にするが、煎茶にミルクを合わせるのを見るのは初めてだ。

のそのそと起き上がった祐輔も珍しそうにグラスを眺めた。

祐輔が空けた空間に腰を下ろして、豊薫がにこやかに説明する。

「茶葉は以前ソーダ割りでも淹れた《走り》を使っています。作り方はロイヤルミルクティーと同じですね。茶葉を水で煮出してから水と同程度のミルクを入れ、沸騰直前で火を止めてお砂糖を混ぜます。今回はアイスティーにしたので氷は濃いめの煎茶を凍らせたものを使ってみました。溶けるほど濃厚になっていきますよ」

本当だ。豊薫の言う通り、よく見ると浮かんでいる氷はうぐいす色をしていた。

「お茶が西洋に伝わったのは十七世紀に入ってからのことです。茶の歴史は紀元前二千七百年頃の中国から始まり、これが日本に入ってきたのが八世紀頃ですから、ヨーロッパに茶文化が輸入されたのがいかに遅かったかのかが分かりますね。日本と貿易を行なっていたオランダが平戸の商館を通じて輸入した緑茶こそ、西洋に到達した最初の茶であるという説もあるんですよ」

「日本茶が最初にヨーロッパに伝わったということですか」

「そういうことです」

にっこり笑って、豊薫が更に説明を加える。

「日本で緑茶を、中国で茶器を仕入れてアムステルダムに帰還したそうです。ところが、茶葉と茶器を輸入したものの正確な飲み方が分かりません。試行錯誤の末、お茶にミルクと砂糖を入れて飲むという方法ができあがりました。これがミルクティーの元祖です。つまり煎茶ミルクティーは当時の作法への原点回帰、といったところでしょうか」

どうぞ、と勧められてグラスを手に取った。

顔を近づけるとお菓子のような甘い香りがする。

「あっ」

口をつけて驚いた。とろりと舌に触る、この風味は……。

「ま……抹茶ミルクにそっくりです……！」

まろやかなミルクの甘味の中から、じんわりと深い渋味が口の中に広がる。よくよく味わうと青みの強い抹茶とは味わいが異なるが、印象としてはかなり近い気がした。

「抹茶の原料は碾茶《てんちゃ》です。これは玉露《ぎょくろ》と同じように日光を遮蔽して栽培した茶葉を、石臼《いしうす》で挽《ひ》きやすく製茶したものなんです。つまり玉露と煎茶がどこか通じる風味を持っているように、抹茶と煎茶にも通じるものがあるんですね。抹茶ミルクを受け入れる日本人が、煎茶ミルクに親しみを感じるのは自然なことなんですよ」

へえ、と祐輔が感心する。和んだ表情を確認して豊薫がもう一言添えた。

「脳を使うと糖分を欲しますからね。甘いお茶は今の祐輔くんにぴったりでしょう」

げえほっ、と祐輔が派手に咳《せ》き込んだ。

本当に苦しそうに何度か咳《せき》をしてから、気まずそうに顔を上げる。

「いやー、何や気ぃつこてもろて」

「いえいえ。君に手を焼くのはいつものことですから」

「俺は別に。萌が心配してただけ」

「えっ、私……！」

予想外のタイミングで話を振られて慌てる。焦る萌を見て祐輔が苦笑した。

「萌ちゃんにも妙なとこ見してしもたしなぁ。かんにんな。あれ、俺の妹やねん」

「う……はい」

やり取りから肉親か、それに近い関係であることは想像がついている。

しばし考えるように手の中のグラスを弄んでから、ふと祐輔が口を開いた。

「俺はなぁ、家族の中で一人だけ余分な子なんよ」

投下された言葉の破壊力に、萌は思わず身を竦《すく》めた。隣に座る静香の体も僅《わず》かに強張る。

「うちの家、再婚家族やねん。俺は母親の連れ子で、六つの時に着物問屋の跡取りやった櫟《くぬぎ》さんが父親になったんよ。栞里は一年後に生まれた二人の子や」

物心がつく頃には、すでに実父の姿はなかったと祐輔はいう。

実の父がどんな人で、なぜ別れたのか、祐輔は知らない。

それでも面差しが似ているらしい自分の顔を見る母親……弓子《ゆみこ》の眼差しから、あまりいい別れ方ではなかったのだろうことは察しがついた。

不景気の中、女手一つで小さな子どもを育てるのは大変なことだ。

働いて、働いて、働いて。家に帰れば家事と育児が待っている。

何より足を引っ張るのは子どもの変わりやすい体調で、保育所から連絡が入るたびに母は仕事を切り上げて祐輔を迎えに来なければならなかった。

うまく稼げない。うまく育てられない。うまく生きられない。身寄りのなかった弓子にかかる負担は大きく、若くして艶を失った髪の奥には円形脱毛が隠されていた。

子どもながらに自分が荷物になっているという自覚はあって、だから熱なんか出した日にはまともに弓子の顔が見れなかったと祐輔が笑う。

「せやから再婚するって知った時はほっとしたんや。これでおかんも少しは楽になるって」

新しく父親になった櫟敏夫《としお》は物静かな人だった。同時に、不器用な人でもあった。

実子と同じように相続権、扶養義務の発生する普通養子縁組までしてくれた敏夫は、本気で祐輔と家族になるつもりがあったのだろう。

しかしすでに六歳になっていた祐輔とどう関わってよいのか分からなかったようで、微妙な距離感は今日まで続いている。

それでも真面目で常識的な敏夫と、よそよそしくも面倒を見てくれる父方の祖父母、何より笑うことの増えた弓子と過ごす生活に不満はなかったそうだ。

満ち足りているとさえ思っていたという。——栞里が産まれるまでは。

違和感に気づいたのは、生まれたばかりの栞里が家にやってきてすぐのことだった。

まず神経質なほど手をかけようとする弓子の態度に驚き、次に敏夫が妹を抱き上げたことに驚いた。祐輔に対してはつなぐための手すら差し伸べられなかった人が、赤子とはいえためらいなく距離を詰めたからだ。

対して祐輔には、より手のかからない子どもでいることが求められた。

いい息子でいるためには、いいお兄ちゃんでいなければならない。いいお兄ちゃんでいるためには、何でも一人でできなければならない。

わがままを言ってはならない。困らせてはならない。そして妹には優しく、面倒見のいい世話役でなければならない。

無言のうちに求められる役割を祐輔は懸命にこなしていった。

この子は心配ないと言われる度に、それが自分の居場所なのだと信じて。

大人たちの視界から外れていく自覚はあったものの、妹との歳の差が違和感を誤魔化し続けた。

生まれたばかりだから。小さいから。女の子だから仕方ない。

しかしそれも、やがて限界を迎えることになる。

栞里が六歳になった頃、初めて泊まりに行った友人の家でやかましいほど干渉してくる母親を見て、いいな、と思ってしまったのが最初だ。

文句を言いながら世話を焼き、いい成果を出せば褒められる。頭を撫《な》でようとした母親の手を友人が振り払った時、それが欲しい、と思って愕然《がくぜん》とした。

そうだ自分は、つないでくれる手が欲しかった。抱きしめてくれる腕が欲しかった。笑いかけてくれる関心が欲しかった。

そうして気づいたのだ。それらは全て、自分の手には入らないものだと。

「別に蔑《ないがし》ろにされてたわけやないで。食事も一緒。遊びに行くんもおんなじ。誕生日もちゃんと祝うてもろたし。ただ、家族の距離にしては少し、遠かっただけや」

自分一人、余分だったのだと祐輔は語る。

「誰かが悪かったわけやない。ただ歪《いびつ》やなとは思っていて。俺が抜けたら、ちょうどええ感じの家族に見えるのにって思うようになったんよ」

「なるほど」

相槌《あいづち》を打ったのは豊薫だ。

「ご実家が近いのに、わざわざ長屋で一人暮らししているのは何でかな、と思ってはいましたが……そういう事情がありましたか」

「親のすね齧《かじ》っとるし、偉そうなことは言えへんけどなぁ」

せやけど、と祐輔がどこか遠くを見つめて言う。

「必要のない一人暮らしが許されたんは、あっちはあっちでやりにくさを感じとったからやろうと思うわ」

十九で家を出た時、栞里は十二だった。

祐輔によく懐いていたから、抵抗という抵抗は栞里が一人でしていたという。

置いていくような後ろめたさを誤魔化すために、祐輔は栞里に櫛を贈った。

カササギの絵が入った、可愛らしい櫛だ。

「その櫛をおかんに盗られたっちゅうのが昨日の栞里の主張やねん」

はー、と長いため息をついて祐輔が指先で眉間を揉み込む。

「栞里は気が強うて自我のはっきりした子やから、両親……特におかんとぶつかることが多くてなぁ。ちゅうても親子喧嘩《げんか》の範疇《はんちゅう》や。今までこんな風に家を飛び出してきたり、ましてや物を盗まれたなんて言い出すことはあらへんかったのに」

来年の高校受験を控え、栞里と弓子は揉めることが増えたらしい。今回のこともその延長線上にあるようだ。

「えらい剣幕やったし詳細はよう分からへんかったけど、とにかく櫛がのうなって、それをおかんのせいやと思い込んどるみたいやった。せやからひとまず落ち着かせて、そんなに言うならちゃんと確かめてみぃ、て家に帰したんやけど」

疲れた顔で祐輔が自嘲する。

「こんな風に揉め事の種になるって知っとったら、あんな櫛、買わんかったのに……」

余分なもんが余計なことしたわ、と祐輔がソファの背に頭を預けて天を仰いだ。

ほとんど口をつけられていない手の中のグラスが悲しげに、からん、と鳴った。

「あのさ」

しんみりした余韻には似つかわしくない硬い声で、静香が切り出す。

「その余分ってやつ。俺にはよく分からないんだけど」

声と同じく強張った心を感じて、萌ははらはらと胸を押さえた。

「うちは父親が病弱で寝込むことが多かったから、やっぱり母親が頑張って子どもたちを育てたよ。衣食住を整えながら働きに出て、父の調子が悪い時には付き添って病院に連れて行った。チビだった俺の面倒を見ていたのは祖母と豊薫だ。運動会に来たのも、参観日に来たのも、進路相談に来たのも祖母と豊薫だった。だけど母はいつも楽しそうにしていたし、豊薫も祖母も仲がよかったし、父も自分を卑下したりはしなかったよ。普通の家族のようにいかないこともあったけど、みんな幸せだったと思う」

一気に言って、静香が一度眉を寄せた。

謎解きやお茶の説明とは違って自分の気持ちを言葉に乗せるのは難しいようだ。

「俺はあんまり役に立たなかったけど……父と一緒にいるのは好きだった。静かで、優しくて、思慮深くて、少し豊薫に似ている」

静香の言葉にほんの一瞬、豊薫が痛みに耐えるような笑みを浮かべた。

「ええと、だから……全部の条件が完璧に揃った家族じゃなくても、仲よくすることはできると思うし……家族ってそういうものじゃないの。余分だと思っているのは祐輔だけで、本当はちゃんと家族なんじゃないの」

「父親も母親も生きてるのに悩むのは贅沢《ぜいたく》やって？」

「……もしすれ違っているなら、惜しいことだと思って」

ははは、と祐輔が乾いた笑い声を上げる。

「そら、しーちゃん。俺からしたら絆《きずな》の強い家族んとこに生まれて運がよろしいなぁ、としか言えん話やわ」

傷ついた顔をしたのは、むしろ祐輔の方だった。静香が目を丸くして押し黙る。

「自分の手の中から消えたもんを惜しむんは勝手やけど、人に押しつけなんや。手の中にあるからこそ、傷つくことやってあるんやで」

「祐輔くん」

そこまで、と豊薫が話を遮った。このままではお互いに傷つけ合うだけだと判断したのだろう。

はあっ、と息を吐き出して、祐輔が両手で頬を叩いた。

「かんにん、しーちゃん。八つ当たりや。意地悪言うてごめんな」

そうして静香が何か言う前に立ち上がる。

「なんやこじれとる感じのおかんと栞里に当てられてしもたみたいや。帰って頭冷やすわ。豊薫さん、お茶おおきに。ごちそうさま」

にこ、と笑ってみせる祐輔はやはり感情を制御することに慣れているようだった。

見送るために豊薫が祐輔を追って席を立つ。

背を向ける二人を呆然《ぼうぜん》と見送っていると、静香がぽつりと呟いた。

「俺、間違えたかな」

短い言葉に後悔が滲《にじ》む。萌は懸命に考えた。

「どうだろう……分からないけど……」

祐輔の話も、静香の話も、比べたり、一緒にして論じるようなものではない気がする。

家族の形はそれぞれで、外側からは推し量れないことの方が多いからだ。

「……でも、その……祐輔さんが、元気になったらいいなって……思う」

結局、励ますことも、フォローすることもできなかった萌に、静香がうん、と頷いた。

引き戸の前では祐輔が、豊薫と再度軽い挨拶を交わしている。

ほなまた、と祐輔が引き戸に手をかけた、その時。

からりと戸が開けられて、同時に明るい声が店内に飛び込んできた。

「あら、祐輔くん。ええとこにおったわ」

入ってきたのは椿と瑞江だ。

男二人と奥に座る子どもたちを見て、よしよしと満足そうに椿が笑う。

「瑞江さん入れて五人かぁ。モニターとしては悪くないわ」

「おはようございます、椿さん。いい匂いがしますね」

店内に満ちていた複雑な空気など全く感じさせない笑顔で、豊薫が椿を迎え入れた。

椿が小脇に抱えていた紙袋を開けてみせる。

「試作しとったおばんざいパンができたし、試食して欲しくてなぁ」

言いながら椿がソファ席に近づいてきた。

早く早く、と急《せ》かされて瑞江も店内に入って来る。

「豊薫さんと祐輔くんも早《はよ》う。あったかいうちに食べてや」

「ではお茶を淹れましょう。祐輔くんもどうぞ」

椿に呼ばれ、豊薫に促されて、祐輔が観念したような笑みを浮かべる。

来客の渋滞に、萌は豊薫に倣《なら》ってキッチンに戻った。

「いいタイミングでしたね」

助かりました、と鍋に火をかけながら豊薫が小さくこぼす。

ソファ席では静香の正面に椿、瑞江が並んで座り、戻ってきた祐輔が萌の座っていた場所に腰を下ろすところだった。

隣り合った静香が困ったように目を泳がせている。それでもいつも通り振る舞う祐輔に引っ張られるようにして、徐々に落ち着きを取り戻していくように見えた。

「さて。おばんざいパンだと言いますし、甘さ控えめの煎茶ミルクティーを淹れましょうか」

パンにカフェラテを合わせるように、煎茶ミルクティーも合うのだという。

豊薫が人数分のお茶を淹れ、萌がそれをテーブルに運んだ。

試食しやすいよう一口サイズに切り分けられたパンには、牛肉の甘辛炒《あまからいた》めやきんぴら、いんげんの白和えなど様々なおかずが挟まれていて、どれも美味しそうだった。

さりげなく「close」の札をかけに行った豊薫を交えて試食会が開かれる。

ああでもない、こうでもないと意見を交わしながら、しばし和やかなお茶会がくり広げられた。

「あれ、あんたんとこのお客やないの」

瑞江がサッシの向こうを示したのは、あらかた意見も出尽くした頃だった。

あんた、というのが誰を指すのか分からなくて、全員の視線が路地に向かう。

見ると路地の真ん中、祐輔の長屋があるあたりで見覚えのある女の子が大きなキャリーケースを手にしょんぼりと肩を落としていた。

「栞里」

はっとして祐輔が立ち上がる。同時に路地の少女がこちらに気づいた。

祐輔の姿を認めると、みるみる瞳に涙を溜《た》めてこちらに近づいて来る。歩きながらしゃくり上げ、やがてわんわんと泣き出した。

あらあら、と椿が栞里を迎えに出る。元気やなぁ、と瑞江がそれを眺める。

萌と静香、それに豊薫が気遣うような視線を向ける中、祐輔は戸惑うようにその場に立ち尽くしていた。


「どうぞ。煎茶ミルクティーです」

袖摑《そでさば》きに気をつけながら栞里の前にグラスを置く。

泣きはらした目で萌を見上げた栞里が小さく頭を下げた。

栞里が通されたのは、今しがたまで一同が集まっていた隣のソファ席である。

キャリーケースに視線をやった祐輔が正面の席でため息をついた。

「どないしたんや」

会話の妨げにならないよう気配を消して、萌はキッチンに逃げ込んだ。

静香は例の如《ごと》く知らぬ顔で文庫を開き、椿と瑞江はカウンター席に移って試食会のまとめを作っている。豊薫も下げたばかりの茶器を手入れしていた。

それぞれが無関心を装う中、祐輔が再度尋ねた。

「何があってん。まさかと思うけどその荷物……」

「家出してきたんや」

言葉を奪うように断言した栞里に祐輔が頬を引きつらせる。頑《かたく》なな声で栞里が続けた。

「私、今日は絶対帰らへん。お兄ちゃんが追い出しても、どっかに泊まる。野宿してでも家にだけは帰らへんから」

脅しにも似た決意に祐輔が頭を抱えた。これはなかなかこじれている。

「とりあえず何があったんか、最初から詳しゅう話して」

三度目の問いかけで、ようやく栞里がわけを語り始めた。

中学二年の夏にもなると、周囲では少しずつ受験を意識して塾に通う子が増えてきた。親同士のコミュニティでも受験についての話が出始め、それに触発された弓子が栞里を塾に入れようとしたのがそもそもの発端らしい。

栞里の夢は幼い頃から一貫して舞妓《まいこ》さんになることだ。

舞妓さんとは京都の花街において、舞踊やお囃子などの芸で宴席に花を添えることを仕事とする少女たちのことで、正確には芸を極めた芸妓《げいぎ》さんの見習いという立場である。

若干十五、六歳で置屋に入り、まずは仕込みさんとして舞妓・芸妓さんたちのお世話をしながら芸を身につけ、一年ほどしてから舞妓さんとなって芸妓になるための修行を積むのが定石らしい。

つまり栞里は中学卒業とともに置屋に入ることを望んでおり、進学の準備は必要ないと母に主張したのだった。

「ほんならお母さん、舞妓さんなんてさせられへん。向いてへんし、すぐに辞めるに決まっとるって言うねん。後はもう何を言うても、塾に行け、高校に行けの一点張りや。私の人生やのに、なんでお母さんが全部決めんの」

ぎゅう、と両手を握り締めて栞里が怒りに体を震わせる。

「いっつもそうや。いっつもそう。あれはだめ、これはだめ。どうせできひん。向いてへん。そう言うて自分の思い通りに私を作り替えようとするんや。服もアクセサリーも私の買うてきたものは全部だめ。友だちも彼氏も全部文句つけよる。自分の好きな服着せて、自分の気に入った子と仲よくさせて、自分の思うように将来まで決める。重くて苦しくて息が詰まるわ」

吐き捨てるような栞里の言葉に、萌は心臓が縮む思いがした。

確かに弓子の関わり方は少し過干渉にも思える。しかし栞里が重い、苦しい、と吐き出す相手は、その愛こそを欲しがった人間なのだ。

「そやけど進路のことは一人で突っ張っとってもしゃあないし、私やって頑張ってなんべんもお母さんを説得しようとしたんや。せやけどあんまりにも話にならんし、しまいにはあんたのために言うとるのにってしおしお泣いてみせるしなぁ。えらい腹が立って、つい、あんたのお人形やないで！　って言うてしもたんや」

ああ、と呻《うめ》いて祐輔が天を仰だ。

「そら火に油や」

「引っ叩《ぱた》かれたわ」

そうやろうなぁ、と祐輔が苦く笑う。

言い過ぎた自覚はあるようで、栞里が伏し目がちになった。

「強う出られると、強う返してしまうんよ。そういうとこがお母さんにそっくりで嫌んなるけど……。結局摑み合いの喧嘩になって、お父さんに止められてな。でもあれは私も言い過ぎたと思う。だからちょっと反省したんやけど」

一旦言葉を切って、栞里が口をへの字に曲げる。

よほど悔しい思いをしたのか、続く言葉が出るまで少しかかった。

「少し前に、祇園祭で着るための浴衣やら小物やらを引っ張り出してな。お兄ちゃんからもろうた櫛も出して、いつでも着られるように一つにまとめといたんよ。それが昨日、その中から櫛だけのうなっとることに気ぃついて」

いつからなくなっていたのか、正確なところは栞里にもよく分からないらしい。

ただ、直前に大きな喧嘩をしたこともあって、真っ先に母の仕業を疑ったようだ。

「私の櫛、どこにやったんよって聞いたんや。そしたら知らん、てけんもほろろや。喧嘩の後で頭にきとったし、動かすならお母さんしかおらんやろうって詰め寄ったんやけど」

実際、栞里の母は栞里が何度言っても勝手に自室に入るようなところがあったそうだ。

親からしたら自分のテリトリーの一部に移動しただけなのだろうが、年頃の子どもにとっては私的空間を犯される不快感の方が大きい。時には頼んでもいないのに掃除と称してものを動かしたというから、栞里の疑いも無理はなかった。

「そしたらそのうち『あんな管理じゃ櫛やって可哀想や』て言い出して。どこにしまっといたか知っとるなんて、お母さんが持っていった証拠や。そう思うたらなんやショックで……家飛び出してここに来たんよ」

それが昨日のことらしい。ようやく話がつながってきた。

「せやけどお兄ちゃんにもう一度ちゃんと聞いてみぃって言われて。私も感情的やったし、もしかしたら何か事情があったのかもしれんと思い直して家に帰ったんや」

思い込みやすく、激しやすいが、根は素直な子のようだ。

感情表現が激しいだけで本当は柔軟なのかもしれないな、と萌は思った。

「戻ってからお母さんに、櫛がどこにあるのか知ってるなら返して欲しいって頼んだんよ。不機嫌そうにしとったけど『せやったら明日返すわ』って約束してくれてん。何ですぐに返してくれへんのやろうとは思うたけど、それ以上揉めたくなかったし、とにかく一日待ったんや」

ところが今朝になって返されたのはよく似た違う櫛だったという。

栞里の櫛と同じカササギの絵が入っていたものの、栞里にはそれが別物だと分かった。

「色が微妙にちゃうねん。量産型の櫛やし似たものはどこにでもあるんやろうけど、自分の櫛くらい見分けつくわ。きっとお母さん、私の櫛を捨ててしもたんや。一日待ってって言うたのは代わりの櫛を手に入れるためやったんよ」

着物問屋の女将《おかみ》である弓子は小物を作る職人とも懇意だ。

中には手先の器用な者もいて、似たような櫛に似たような絵を入れてもらうなんて朝飯前だったろうと栞里が主張する。

「一番悲しかったんは、そんなもんで誤魔化せると思われたことや。せめて謝ってくれたらよかったのに……」

思い出したのか、栞里が目に涙を溜めた。

「……お母さんは私のことが嫌いなんや。私みたいにはねっかえりの娘じゃのうて、何でも言うこと聞く、聞き分けのいい娘が欲しかったんよ」

「そんなことないて」

優しい声で祐輔が妹をなだめようとする。それをつっぱねて、だって、と栞里が訴えた。

「お兄ちゃんはお母さんとも、お父さんとも喧嘩したことないやん」

束の間、祐輔が刺されたような顔をする。

「それは……再婚した負い目があるからやろう」

「負い目何でも、私よりうまく親子やれるやん」

納得できない栞里が祐輔をなじった。

「なんでお兄ちゃん、私を置いて家を出てしもたんよ。昔から私の味方はお兄ちゃんしかおらんのに……なんで」

問いかけに答えられず、祐輔が曖昧に笑う。

栞里も薄々祐輔の立場を察してはいるのだろう。傷つけたことに傷ついたような顔をして口を閉ざした。

無慈悲な静けさが店内に満ちる。ふと、萌の頭に疑問がよぎった。

「違う櫛を渡すなんて……どうしてそんな、すぐに分かるような嘘《うそ》をついたんでしょう」

呟きは決して大きいものではなかったが、気がつくと店中の注目を浴びていた。

「す、すみません……」

注目されるのは苦手だ。集団の視線は自分の価値を問いただすもののようで、怖い。だいたい、茶器を整理したり、本を読んだり、外を眺めたり。みんなお行儀よく関心のないふりをしていたのに、これでは聞き耳を立てていたと言わんばかりだ。

血の気が引く思いで失態を悔いていると、静香が文庫から目を離して栞里を見た。

「あのさ」

初対面の栞里に臆することなく、静香が尋ねる。

「その櫛ってもしかして木製の櫛？」

「そ、そうやけど……」

誰？　と栞里が眉をひそめる。はっとした様子で祐輔が紹介した。

「あーええと、ここの店主の弟で静香くん」

簡単な説明に栞里が頷く間もなく、静香が質問を畳み掛ける。

「返された櫛の色って、どんな風に違ったの？」

直球で説明のない静香の問いかけは、見ようによっては不躾《ぶしつけ》だ。

栞里が警戒するように表情を固くして、祐輔も戸惑うように視線をさまよわせた。カウンターから様子を窺っている椿や瑞江も、訝《いぶか》るように静香を眺めている。

静香にとってアウェーな空気ができあがっていくようで、萌はいたたまれなくなった。

「あ……あのっ」

思い切って、声を上げる。キッチンから身を乗り出して、萌は必死に言葉をつないだ。

「あの、あの……し、静香くんは不思議なことを解明するのが得意なんです。だからきっと、栞里さんのお母さんがどうして違う櫛を渡したのか考えているんだと思います」

ぶわ、と顔が熱くなる。知らない人に向かって、それもこんな風に注目を浴びながら自分の意見を主張するのは初めてのことだ。

恐怖にも似た恥ずかしさに目眩《めまい》がする。それでも、何かに気がついたはずの静香を手伝いたかった。

ふうん、と相槌を打ったのは祐輔だ。

「しーちゃん謎解きなんかできたんか。知らんかったなぁ」

慶と同じく、祐輔も静香の特技については知らないようだ。

二年も路地に暮らしているのに、今までそんな機会はなかったのだろうか。

「それで、どんな風に違ったの？」

静香が質問を繰り返す。気圧《けお》されるように栞里が少し身を引いた。

「どうって言われても……」

「形が違っていたとか、絵が違っていたとか」

「……なんちゅうか、もとの櫛より色が濃かったんよ」

ふむ、と静香がわずかに頷く。

「最後に自分の櫛を見たのはいつ？」

脈絡の見えない問いかけに戸惑いを見せながらも、栞里が答えた。

「確か十日ほど前や。押入れの奥から出した浴衣と一緒に、部屋のチェストに入れたから」

「なるほど」

考えるように黙した静香に栞里が焦《じ》れる。

「ちょっと、なんやの」

「もう一つ確認したいんだけど」

栞里の苛立《いらだ》ちなど意にも介さず静香が何か言いかけた、その時。

「栞里！」

突如飛び込んできた人影に、萌は死ぬほど驚いた。

硬直した萌の横をすり抜けて豊薫が素早くホールに出る。萌と同じくフリーズした弟を庇《かば》うように、さりげなくソファ席の間に割り込んだ。

「あんた、一体どういうつもりや」

大変な剣幕で栞里に詰め寄ったのは、上品な着物を身につけた四十代くらいのご婦人である。綺麗にお化粧された顔には汗が滲んでいて、疲労感が漂っていた。

「もう家には戻らんてメール送ってきたかと思うたら、着信拒否になっとるし。うちからキャリーバッグはのうなっとるし。心配してクラス中の子に電話してしもたやないの」

　ぱっと栞里の頬が紅潮する。怒っているのだ。

「やめてや、恥ずかしい！」

「恥ずかしいのはこっちや！　娘の行先一つ知らん親なんて恥や！」

　思春期の子どもにとって親が友人宅へ勝手に連絡を入れるのも苦痛であれば、親にとっても明らかにトラブルの匂いを漂わせた電話を入れなければならないというのも苦痛だろう。自分の方がひどい目にあったと主張するのは不毛な水掛け論だった。

「お兄のとこにおったからよかったけど、ここで捕まらんかったら警察に連絡しとったわ」

　取り乱すご婦人……弓子の言動が栞里を追い込む。

　怒りに震えた栞里がすっくと立ち上がって抵抗した。

「ええ加減にしてや！　なんでもかんでもお母さんの思うようにいくと思わんで！」

「なんでそんなわがままばっかり言うんよ！　ちょっとはお兄を見習ったらどないやの！」

「どっちがわがままやねん！　私のことなんか見てもいーひんくせに！　お母さんはお母さんに都合のええ娘が欲しいだけなんや！」

　べちん、という鈍い音とともに栞里の小さな悲鳴が聞こえた。

勢い余って手を上げた弓子の平手打ちが割って入った祐輔の首元を叩いたのだ。

弓子が怯《ひる》んだように一歩、下がった。栞里も強張った表情で祐輔を見上げている。

「二人とも落ち着いてや」

びっくりするほど抑えの効いた声で祐輔が言った。

「ここはなぁ、俺がお世話になってる大家さんのお店やねん。いっつも面倒みてくれとる近所の人もおる。子どもやっておるんや。みんなびっくりしよるから、大きな声出しなや」

な、と祐輔が母と妹に微笑みかける。どこまでも冷静な祐輔は、家族というより他人のようで、萌はなんだか悲しくなった。

膠着《こうちゃく》する空気の中、静香がそっと豊薫の着物の袖を引く。

気づいた豊薫に何事か短く耳打ちすると、席を離れてキッチンに入ってきた。

「大丈夫？」

地面に染み入る雨のような声で、静香が尋ねる。

わざわざ寄り添うためにやって来たのだと知って、萌は自分がそれほど怯《おび》えていたのだということを自覚した。

肩先がくっつくほど近くに立った静香にほんの少し安堵《あんど》する。

ホールでは豊薫がいつものにこやかな笑みを浮かべて、母娘に一つ、提案をしていた。

「口を挟むようですが、一度冷却期間を置いてみてはいかがですか」

そうして自分が長屋の大家であることを明かし、しばらくの間祐輔のところへ栞里を預けては、と持ちかける。

「えっ！」

祐輔がぎょっとしたように目を剝《む》いたが、豊薫は笑顔でこれを黙殺した。

「……せやけど、これは私と娘の問題ですし」

渋る弓子に、そうですねえ、などと豊薫が嘯《うそぶ》く。

「では期間を設けてはいかがです。一週間でも二週間でも。お互いに気持ちが落ち着いたら、話せることもあるかもしれませんよ」

弓子の顔に迷いの表情が生まれる。

そこへ、思いがけない援護射撃が放たれた。

「あらぁ、どこかで見たことあるお人や思うたら櫟屋の奥さんやないですか」

声をかけたのはカウンターにいた瑞江だ。気難しそうないつもの雰囲気は鳴りを潜め、隙のない笑顔を弓子に向けている。

瑞江の顔に心当たりがあったようで弓子が目を丸くした。

「錦先生……」

「先生やなんて嫌やわぁ。今はもう隠居の身やのに」

うふふ、と瑞江が上品に笑う。そして自分がお茶の先生をしていたこと、弓子がそこへ手習に来ていたことなどを周囲に説明した。

「その節はお世話になりまして」

慌てて弓子が頭を下げる。商売人としての冷静さを取り戻したようだ。

着物問屋にとってお茶の先生は太客らしい。着物の新調、レンタル、新しいお客の紹介など、浅からぬ関係があったことが交わされる挨拶の中から察せられた。

「親の心子知らず言いますけどねぇ。豊薫さんの言う通り、ここは一旦引いたらどないですやろ」

物腰柔らかに加勢して、ついでとばかりに提案を加える。

「そんでなぁ、栞里さん言わはったかしら、そこのお嬢さん。本気で芸妓を目指すつもりやったら、祐輔さんとこやのうて私のとこに来たらよろし。こう見えても先に逝った主人と結婚するまでは私も芸妓やったし、何かと教えられることもあるやろう」

「ええっ」

「ほんまやの、瑞江さん」

祐輔が濁点付きの声で仰天し、椿が目を見張って瑞江に問いかけた。

ほんまほんま、と軽く頷いて瑞江が栞里に向き合う。

「言うときますけど、舞妓や芸妓なんて外から見える華やかな世界はほんの一部や。毎朝から晩までお稽古とお仕事が詰まって自由な時間なんてあらしまへん。スマホも取り上げられて、おんなじ歳頃の子ぉらが部活や恋愛やいうてはしゃいどる時にも厳しい生活送らなあかん。試しに、そやね一週間にしましょか。一週間、私のとこにいてみたらよろし。

さわりくらいは体験させたるさかい、それからもういっぺん考えなはれ」

楚々《そそ》と笑う瑞江の仕草はなんだか本当に芸妓さんみたいだ。

「わ、私そうしたいです」

栞里が目を輝かせて乗り気になる。憧れの生活を一部でも体験できるとなったら、知らない人のところで寝泊りすることも大した問題ではないらしい。

奥さんもそれでどないやろ、と瑞江が弓子に話を向ける。

「ご両親にとっても悪い話やないやろう。本人の根性試すええ機会になるでしょうし。心配せんでもうちにいる間は、責任持って学校にも行かせますよって」

「でも、先生にご迷惑が」

なけなしの理性が遠慮させるのか、決断しきれない弓子に瑞江が言った。

「年寄りの道楽やと思うて頷いてくれたらええですわ。必要なら私からご主人に連絡するし」

「――いえ」

そこまで言われてようやく腹を括《くく》ったのか、弓子がまっすぐ瑞江を見つめた。

「ほな、ご好意に甘えさしてもらいます。至らぬ娘ですけど、よろしゅうお頼申します」

「はい、頼まれました」

来た時とは別人のようにしゃんとした弓子が、店内の人々に何度も頭を下げて店を辞する。本来とても常識的な人なのだろう。

「瑞江さん、おおきに。あかんことあったら俺の家に突っ込んでええから」

瑞江に駆け寄った祐輔が、少しだけいつもの子どもっぽさを滲ませてお礼を言った。

祐輔の後ろから栞里も瑞江に頭を下げる。

「よろしゅうお願いします」

「優しゅうはせんから覚悟しなはれ」

はい、と元気よく栞里が返事をする。少し遅れて豊薫が瑞江に声をかけた。

「助かりました。僕一人では説得できなかったかもしれません」

「たまには役に立つとこ見せませんとねえ」

にやり、と笑う瑞江は、いつものように偏屈な最長老の顔をしていた。


ソファテーブルに藍染めのテーブルランナーを敷く。

かたわらに編み籠に生けた笹《ささ》を飾ると、さながら夜の川を臨むような光景になった。

茶席の醍醐味は空間演出も然り、と言った豊薫の言葉を思い出す。

この席に込められた意匠は何だろう。

何か読み取れないかと首を捻《ひね》っていると、静香の手が笹に伸びた。

「笹は川に入れない方がいいね」

言いながらテーブルランナーの上にあった籠を調整する。

「やっぱり、川の見立てなのかな」

「さあ」

食いついた萌に肩を竦めて静香がキッチンに目をやった。

「分からないけど、豊薫が何か企《たくら》んでるのは確かだと思う」

平日だが店に出られないか、と豊薫から連絡が来たのは昨晩のことである。少し早いがあ
栞里が家出をして来てから五日が経っており、今日は六日目の金曜日だ。

らかた準備が整ったとかで、櫟一家を招いて話し合いの場を作るという。

まとまった人数が出入りするから手伝ってほしいと頼まれて、萌は一も二もなく承知した。

あの日、静香は豊薫に「櫛のことは分かったから、この家族をなんとかしてくれ」と耳打ちしたらしい。静香が何に気がつき、豊薫がどう問題を片付けようとしているのか、それはお互いに知らないようだ。

知らぬまま打ち合わせもなしに、こうして分かったように動いている。そこにはきっと、相手に対する全幅の信頼があるのだろう。

置き畳を運んでいた静香が小さく呟いた。

「家族って、人間関係なんだね」

うまく聞き取れなくて手を止めると、静香が萌を見て言い直す。

「家族だからうまくいくとか、家族だから許されるとか、そんなことは決まってないんだ。祐輔の言う通り、俺は運がよかったんだと思う」

祐輔の言葉を引用した静香は、あれからずっとそのことを考えていたようだ。

そうかもしれないね、と萌は小さく頷いた。

「こんにちはー」

明るい声で引き戸を開けたのは椿だ。祐輔と栞里を伴って店内に入ってくる。

豊薫が三人を迎えに出た。

「ちょうど橘花が拾いに行っとった二人が戻って来たとこやったし、一緒に来たわ。はい、これ約束のもの」

「ありがとうございます。慶さんに頼もうと思ったんですが、今はちょっと都合が悪くて」

「あっちの世界に行ってるんやね」

ふふ、と笑う椿の手から、豊薫が小さな紙袋を受け取る。

慶に頼みたくて椿が代行したなら、紙袋の中身はおそらくお茶請け用のお菓子だ。

「橘花さんにもよろしくお伝えください」

「車出しただけやもん。気にせんで」

ひらひらと手を振って椿がカウンターに座った。事の次第を見届けるつもりらしい。

「二人はこちらへ」

案内されて、祐輔と椿がソファ席に歩み寄る。どちらも緊張した面持ちだ。

そうこうしているうちに、今度は瑞江が弓子と夫の敏夫を連れて来た。

初めて目にする敏夫は物腰も静かで、なるほど寡黙そうな人である。

両親には豊薫を通じて今日の趣旨を説明してあるという。

二人としても話し合う必要はあると感じていたようで、茶寮の誘いを受けてくれた。

ひとしきり挨拶を交わすと、両親はソファへ、瑞江は椿同様カウンターに腰を下ろした。

夏の夕刻は日が高い。

未《いま》だ明るい日差しの中、最初に口火を切ったのは静香であった。

「まず初めに櫛の問題を片付けておきたいんだけど」

ぴくりと栞里が反応する。祐輔が立ちっぱなしの静香に不安そうな目を向けた。

「簡単に整理すると、栞里……さんが大事にしていた櫛がなくなってしまって、お母さんが盗ったのではないかという話だった」

思案の末、さんづけで説明した静香の言葉に弓子が不服そうな顔をする。敏夫はテーブルランナーを見つめたままじっと耳を傾けていた。

「この疑いはお母さんが櫛を返してきた事で裏付けられたわけだけど、返された櫛はよく似た別のものだったと栞里さんは言っている」

「お母さんは私の櫛を捨てたんや」

「なんてこと言うんよ」

あわや喧嘩か、というところで止めに入ったのは祐輔だ。

「待ってや。二人とも喧嘩するためにここに来たわけやないやろう。頼むから短気起こさんで」

不承不承、栞里と弓子が矛を収める。何かと心臓に悪い母娘だ。

「先日聞き損ねたことだけど」

不穏なやり取りにも物怖じせず、静香が栞里に視線を投げた。

「戻って来た方の櫛は、しっとりしていなかった？」

「え……ど、どうやろう」

思いがけない方向からの質問に栞里がうろたえる。

「よく覚えていないけど……言われてみれば手触りも私の櫛と違ったかも」

「うん」

一つ頷いて、静香がくるりとキッチンを振り返った。

「ところで、萌は櫛って言ったらどんなものを想像する？」

「え、わ……私……？」

唐突な問いかけに動揺して、萌は一歩後退った。

櫛……櫛……櫛と言えば……。

「ブラシとか、コームとか……髪を梳《と》かすものを考える、かな」

「そうだね」

肯定されてほっとする。だけど、と静香がソファ席に視線を戻した。

「櫛について説明する時、栞里さんは祇園祭で使うための浴衣や小物と一緒に櫛を出した、と言っていた。つまり普段から使っているものじゃない。祭りのために特別に出されたものだ。そして櫛を贈った祐輔は栞里さんが舞妓になりたがっていたのを知っていた」

なんだか不自然だな、と萌は思う。

自分のイメージしていた櫛と栞里の櫛は同じものだろうか。

萌の疑念に答えるように、静香が説明を足した。

「櫛というのは萌の言うように髪を梳かすものを指す言葉だ。だけど同時に、髪飾りに使うものも櫛と呼ぶんだ」

「髪飾り……」

萌の呟きを静香が拾う。

「日本髪やまとめ髪に挿す櫛だよ。見たことない？　着物に合わせるならつまみ細工や漆で煌《きら》びやかに装飾されたものが多いかな。ブラシのように持ち手がなくて、まるみのあるフォルムが特徴の」

「ああ」

舞妓さんが頭を飾る、あれか。思い当たって、萌はなるほどと納得した。

浴衣に合わせて出したというのは、浴衣を着た時の髪飾りにしようとしたということだろう。静香がわざわざ普段使いでないことに言及したのはそのためだ。

「櫛にはカササギの絵が入っていたというし、栞里さんはその櫛を髪飾りとして使っていたんじゃないかな」

「そうやけど……」

怪訝そうに栞里が眉をひそめる。彼女にとっては今更確認するまでもないことなのだ。

静香の目が栞里を捉える。

「櫛という言葉が二つの意味を持つように、その境界は曖昧だ。もちろん髪飾りに特化した櫛もあるし、髪を梳かすことに特化した櫛もある。だけどその中間、どちらにも使用できるものも存在する」

祐輔に視線を移して静香が続けた。

「祐輔が贈った櫛は木製でカササギの絵付けがあった。この木というのはツゲじゃないかな。つげ櫛というのは古くから髪に艶を与える道具として使用されているもので、髪を梳かすことに向いているものと言える。きちんと手入れすれば長くもつから、昔の人は嫁入り道具にもしたらしいよ」

ツゲの名産地は鹿児島県。国産のつげ櫛は数が少ないため、現在では桃や桜、また海外のツゲを使った櫛も出回っている、と静香が注釈を加えた。

「もしかしたら祐輔もそれとは知らずに櫛を買ったのかもしれない。舞妓さんと同じように髪を飾るものだと思って」

「そ……そうや。カササギは縁起がええし、七夕伝説のエピソードもあるから親しみやすいと思うて」

「二人にとっては髪飾りでも、詳しい人が見たらそれは髪を梳かすものに見えた。あるいは、両用のものとでも思ったのかな。どちらにしても、こんなことになったからにはその櫛は塗装を最小限に留《とど》めた自然素材のものだったはずだ」

その通りや、と祐輔が静香の言葉を認める。

「絵は入っとったけど、櫛全体に色やニスが塗られていたわけやない。自然な感じがええなぁと思うたのを覚えとるわ」

「そうやとしたらなんやの」

祐輔の横で栞里が顔をしかめた。

「お母さんが私の櫛を、髪を梳かすためのものとしても見とったことは分かったわ。そやけど、それがなんやの。お母さんが櫛を盗ったのは変わらへんし、私の櫛が捨てられてしもたんも変わらへんやないの」

「変わるよ」

間髪入れずに静香が切り返す。え、と栞里が目を瞬《しばた》いた。

「つげ櫛は育てることができる櫛だ」

櫛を育てる。どういうことだろう。

萌と同じく首を傾げた兄妹に向けて、静香が解説した。

「つげ櫛の特徴は静電気が起きにくいこと、髪に艶を与えることだけど、これは油に漬け込むからなんだ。最初にある程度油を染み込ませている櫛なら、数ヶ月に一度、油を含ませたコットンで全体を拭う程度の手入れをすればいい。櫛は手入れを重ねるごとに艶が出て、やがて飴色《あめいろ》になる。そうじゃない櫛や、長いこと手入れをしなかった櫛は、自分で油に漬け込むんだ。櫛全体を油に浸して一、二週間ほど置いておく。余分な油を拭って一日から三日ほど休ませると、通常年月をかけて変化する櫛が短期間で変わる」

つまりね、と静香が栞里を見据える。

「油に漬け込んだ櫛はしっとりとして、色味が濃くなるんだ」

はっと栞里が息をのんだ。祐輔が弓子を凝視する。

色が濃くなった櫛。手触りの変わった櫛。それは弓子が栞里に返した櫛に生じた変化と同じものだ。

「じゃあ、おかんは栞里の櫛を手入れしてやってただけなんか」

祐輔の問いかけにうん、と応じて、静香が栞里に明言した。

「君の見た二つ目の櫛は、間違いなく君のものだよ」

栞里が茫然と目を瞠《みは》る。祐輔もまた、言葉をなくしていた。

「たぶん栞里さんのお母さんは、よかれと思って櫛の手入れをしたんだ。すれ違ってしまったのは喧嘩をしていたせいで、お互いに素直になれなかったから。栞里さんは頭からお母さんを疑っていたし、お母さんは反発して事情を説明しなかった。それだけのことだ」

話終えた静香がそっと息を吐く。キッチン前にいた豊薫に視線を送ると、これで終わり、とばかりにもう一度肩で息をついた。

「見なはれ」

低い声で弓子が言う。

「私はいつだって……いつだってあんたのことを考えてんねん。やかましゅう言うのも、進路を心配するのもあんたのためや。それを盗人みたいに」

傷ついたことを主張するように弓子が声を震わせる。栞里が追い詰められたような顔をした。

「あかんわねぇ」

膠着した母娘に口を出したのは椿だ。カウンターからは距離があったが、よく通る声がキッチンまで届く。

親に濡《ぬ》れ衣を着せるという栞里の過失を前に形勢有利を確信していた弓子が、外部からの後押しを受けて更に自信を深めたような表情をした。しかし。

「そら、あかんわ。お母さん」

椿が俎上《そじょう》に載せたのは弓子の方だった。

背中から冷や水を浴びせられる形となって、弓子が椿を振り返る。

にっこり笑って、椿が言った。

「親が愛情を盾に子どもの口を塞いだらあきまへんよ」

愛しているのだから受け入れろと、お前のためを思っているのだから分かれと、罪悪感を刺激して縛り付けるのは大人のすることではない、と椿が言う。

「見てや。あんなに元気に反発しとった子ぉが、お母さんが『あんたのためや』て言うた途端、おとなしゅう黙ってもうたやろう。自分は親の愛情を上手に受け取れん、悪い子なんやって傷ついたからや」

弓子が何事か言い返そうとして、結局何も言えずに口をつぐんだ。

厳しい言葉とは裏腹に、椿の眼差しは柔らかかった。

「親は先に生まれとるし、人生のどこで躓《つまず》きやすいか、自分がどこで後悔したかを覚えとって、おんなじ轍《てつ》を踏ませへんよう子どもに注意しますね。手に入れられんかったものを子どもには与えたろうと、懸命になることもあります。その気持ちはよう分かる。でもなあ、家族いうても中身は個人の集まりや。お腹《なか》を痛めて産んだ子でもね、そら別の生き物なんですわ」

ふわふわのフランス人形のような容姿に似合わず、凛《りん》とした声で椿が続ける。

「人間関係やから、そら相性もあります。血がつながっとるからいうて、何でも通じるわけやあらしまへん。相手のためや思うことが、縛りつけたり、傷つけたりすることもある。結局相手をよう見て、考え続けるしかないんや。近づくと傷つけおうてしまうなら、俯瞰《ふかん》して見ることも必要なんと違うやろか」

そうしてちらりと祐輔を見る。橘花同様、甥《おい》か弟を見るような眼差しで言葉を足した。

「子どもが欲しいのは案外、ただ抱きしめてくれる腕やったり、大丈夫って肯定してくれる言葉やったり、笑いかけてくれることやったりするもんですよ。自分のために悩んだり、怒ったり、疲れたりしている姿を見るんは、悲しいやろ」

一瞬、祐輔の目尻に涙が滲んだように見えた。

僅かに俯いて何かに耐えた後、上げた顔にはもう、その痕跡は認められなかったが。

椿の話をじっと聞いていた栞里がふと口を開く。

「私やって、お母さんと喧嘩したいわけやないもん……」

びっくりするほど素直な声だった。

そういえば栞里は「強く出られると強く出てしまう」と言っていたことがある。椿の物腰の柔らかさに引っ張られたのか、もしかしたら瑞江の下では穏やかに暮らしていたのかもしれない。栞里が弓子に訴えた。

「ただ、私が私であることを認めて欲しいだけやねん。私はお母さんやない。お母さんの思うような娘にはなれへん。せやからもう諦めて私を見てや。私の気持ちも聞いて」

弓子が唇が唇を嚙《か》んだ。そこで栞里より先に泣いてしまうのはずるい。

栞里が必死に先を続ける。

「舞妓さんになりたいいうのは小さい頃からの夢やねん。最初は綺麗な着物着てるんがええなあと思うただけやったけど、あのしとやかな立ち居振る舞いや、話し方に憧れてん。瑞江さんのとこでお世話になっとった間は、朝の掃除から食事作りまでそら厳しい思うこともあったけど、見せてもろた芸はほんまに素敵やった。あんな風になれるんやったら私、頑張れるって思うたんよ」

「せやけど心配なんや！」

上擦《うわず》った声を聞いて、栞里が母から視線を逸らした。

逃げていく栞里を追いかけるように、弓子が主張する。

「何も思い通りに育てようなんて思うてへん。元気で幸せに暮らしてくれたらええと思う。ほんまにそれだけでええねん。そやのにあんたはいっつも、私らがはらはらする方ばかり選びよる。おしゃれいうて露出してみたり、まだ中学生やのに彼氏作ってみたり。舞妓さんになりたいていうのもそうや。京都の顔やいうても花街の仕事や。芸を見せるていうても結局はお酒のお相手やないの。若い身空で、本当なら普通に積み重ねるはずの思い出も作らんと、不自由な生活の中で青春を終えるなんてあんまりや。せっかく何でもできる時代に、何でもできる家に生まれたのに、よりにもよってなんで舞妓さんやねん」

そうしてついにしくしくと泣き出した。

隣に座る敏夫が弓子の背中に手を回す。何気ない仕草だったが弓子に味方するようにも見えて、栞里は再びむくれてしまった。

椿がやれやれと瑞江に視線を送り、瑞江が小さく首を振る。お手上げということらしい。

滞った店内の空気を押し流したのは豊薫だった。

「皆さん一旦休憩しませんか。お茶を淹れましょう」

インターバルの宣言に張り詰めた雰囲気がふと緩む。

お茶を淹れましょう。

その言葉にはまるで魔法のように日本人の脳をほぐす効果があるようだ。

キッチンに入ってきた豊薫について、静香もこちらにやってくる。引っ込むタイミングを見計らっていたらしい。

「何を淹れるの」

「セイセイジャク」

聞こえて来た発音は萌にとって馴染みのないもので、頭の中でうまく変換できなかった。なるほど、と納得した静香はもちろん何のことか分かった様子だ。

豊薫が食器棚の上の段から茶器を取り出す。キッチンカウンターに並べられたのは、色とりどりの抹茶茶碗《ぢゃわん》だった。

「綺麗」

瑠璃《るり》色のガラス製平茶碗。青紅葉の描かれた絵付け茶碗。透明色のガラスに朝顔が描かれた腕型茶碗……。夏用なのか、どれも涼やかだ。

冷蔵庫を開けて、豊薫が小さな筒状の缶と、ペットボトルに入ったミネラルウォーターを出してくる。

「抹茶だけではなく、日本茶を美味しく淹れようと思ったら、水は軟水を使うべきでしょう。硬水では生臭さが出てしまうんです。水出しをする場合を除いて、基本的には一度沸騰させた湯を温度調節して使います」

説明しながら水を注ぎ、豊薫がやかんを火にかける。

引き出しからふるいのついた円筒の缶を取り出すと、先ほど冷蔵庫から出した缶の中からティースプーンで数杯、若葉色の粉末を乗せた。抹茶である。

「抹茶がダマになっていると美味しくないので、淹れる前に細かくしておきます。茶濾《ちゃこ》しでふるってもいいですし、こういう抹茶ふるい缶でヘラを使って漉してもいいです」

じゃあこれは萌さんに、と豊薫が萌にふるい缶を手渡す。萌はできるだけ丁寧にヘラで抹茶を濾していった。

できあがったものを渡すと、沸騰した湯を一度湯冷ましに注いでから、豊薫が萌の漉した抹茶を茶杓《ちゃしゃく》に二杯ずつ茶碗の中に落としていく。

湯冷ましの湯を注ぎ、茶筅と呼ばれる竹製の泡立て器のようなもので手早く茶を点《た》てると、豊薫の手元で緑色の液体が面白いように泡立った。

「湯の中に満遍なく抹茶を拡散させるため、最初は大きくかき混ぜます。ある程度泡が立ったら、茶筅を少し上げて今度は泡のきめが細かくなるように優しく混ぜます。最後に中央が盛り上がるように茶筅を抜いて、できあがり」

ふんわり泡立った抹茶は、まるで生クリームのようだった。

穏やかに香る青みのある香りとともに、見ているだけでほっこりするようなお茶だ。

四つ分の抹茶を点てると、豊薫が小皿にお茶請けを出す。

椿が持ってきた紙袋に入っていたもので、宝石のようにきらきらと輝く琥珀糖《こはくとう》だ。

抹茶を二つ、琥珀糖を二皿盆に乗せると、豊薫がそれを萌に持たせた。

「これは瑞江さんと椿さんに。戻ってきたら静香と残りのお茶を試してみてください」

そう言って、一通りの準備を済ませたワゴンとともにホールに出て行く。櫟家の分は目の前でお手前をするようだ。

言われた通りにカウンターへお茶を運んでキッチンに戻る。

待っていた静香がターコイズブルーの平茶碗を萌に差し出した。

「作法のことは気にしないで、好きなように飲んだらいいよ」

両手で茶碗を受け取ると、器がほんのり温かい。

見た目が涼しいので、なんだか不思議な気持ちになる。

そっと口をつけると、なめらかでクリーミーな泡とともに青みのある抹茶独特の香りが流れ込んできた。

「甘い……！」

抹茶は苦い、という先入観があっただけに、その風味に驚く。

ちょっと笑って静香が説明した。

「きめこまかい泡を立てると口当たりがよくなって、全体の印象がまろやかになるんだ。薄茶と呼ばれるこの淹れ方は、抹茶に慣れていない人でも飲みやすい」

自分も茶碗に口をつけて、静香が満足げに両目を細める。

「よく苦い苦いと言われるのは濃茶と呼ばれる淹れ方で、この倍近くの抹茶を泡立てないように混ぜたものなんだ。泡がない分抹茶の味がダイレクトに舌に触るから、好き嫌いが分かれてしまう。だけど濃茶に向いた抹茶を使えば、コクと旨味の感じられる贅沢な飲み物になるんだよ」

静香の蘊蓄《うんちく》にへえ、と感心する。相変わらず謎解きの説明とお茶の解説では口数が多い。

ホールでは置き畳に座した豊薫がそれぞれの手元に抹茶を配り終えたところだった。

抹茶茶碗とお菓子の乗ったテーブルを眺めていると、唐突にそこに込められた意匠に気がついた。

――天の川だ。

中心に走る藍色のテーブルランナーが川を、琥珀糖が星を、抹茶茶碗に描かれた夏の植物が陸を表している。籠に生けられた笹は七夕を暗示しており、川がただの川ではなく天の川であることを示しているように思えた。

「お待たせいたしました。大山園《おおやまえん》の抹茶、《惺々着《せいせいじゃく》》です」

どうぞ、と勧める豊薫に祐輔が困惑する。

「俺、お作法とか分からへんねんけど」

同じく戸惑った様子の栞里も茶碗に手をつけかねていた。豊薫がにっこり笑う。

「そうですね。一般的に抹茶茶碗はお客様に正面が向くよう提供されます。これは最も美しい景色をお客様に楽しんでいただくためで、逆にいただく側はお茶を点てた主人に正面が向くよう、茶碗を回してから口をつけます。やり方としては、こう」

左手に茶碗を受けて、右手で二度回す。

胸の前でジャスチャーをしてみせてから、豊薫が誰にともなく言った。

「茶道には細かい手順が色々ありますが、それは茶席を用意する主人と受け取る客人が互いに思いやって一つの空間を作り上げるために発達した作法なんですよ」

そうしてにこ、と祐輔と栞里に向かって微笑む。

「いずれにしても心地よく過ごしていただくためのことですから、今は難しいことは考えず、好きなように飲んでください」

勧められて、祐輔と栞里が茶碗を手に取った。

「あれ、苦くない」

「ほんまや、甘くて美味しい」

祐輔と栞里が先刻の萌と同じ反応をする。正面では敏夫と弓子が琥珀糖に手をつけていた。

両親がやっとお茶を飲み始めたところで、豊薫が口を開く。

「《惺々着》とは、禅の公案《こうあん》『瑞巌主人公《ずいがんしゅじんこう》』から抜粋された商品名です」

公案とは、禅宗の祖師たちの言葉や行動の記録を集め、一種の問題としたもので、求道者はこの課題を解くことを通じて悟りに近づくそうだと豊薫が説明した。

禅の精神を究明するためのものなので、その解釈は哲学的で一つではないという。

「瑞巌の彦《げん》和尚は、毎日自分に『主人公よ』と呼びかけ、自分で『はい』と答えていました。また、『惺々着』、目を覚ましているかと問いかけ、やはり自分で『はい』と答えます。『人に騙《だま》されてはいけないぞ』と自分を諭し、『はい、はい』と答える。そういう話です」

なんだかピンとこない話だ。

萌だけでなく、祐輔と栞里も怪訝そうに豊薫を眺めている。

「ここで言う主人公とは、自分の心、真の自己のことだと解釈されています。駆け抜ける日常の中でいつのまにかこれを見失ってはいないか、そこに自分はちゃんといるか、という問いかけを自身に向かってしているんですね。そして、いるにはいても、その自分ははっきりと目を覚ましているか、『惺々着』と問いかけているんです。最後の一文に対する解釈は様々ありますが、文脈から『人に流されてはいけない』と読みとることもできるのではないかと、僕は思っています」

ことん、と豊薫がテーブルに抹茶缶を置く。そこには商品名が入っているはずだった。

「茶席では床の間に禅語の掛け軸を掛けることもありますので、ここでは銘柄を代用に使ってみました」

何事か含むように、豊薫が笑みを浮かべる。

戸惑うような沈黙の中、誰かが呟いた。

「惺々着……」

まっすぐに豊薫を見つめたのは、それまでずっと黙っていた敏夫だ。

「瑞巌の彦和尚、毎日自ら主人公と喚《よ》び、また自ら応諾す。乃《すなわ》ち曰《いわ》く、惺々着、諾《だく》。他時《たじ》異日《いじつ》、人の瞞《まん》を受くること莫《なか》れ。諸々」

「ご存知でしたか」

微笑む豊薫に敏夫が微《かす》かに首を振った。

「私が干菓子から先に手ぇつけたんを見て、茶道をやる人間や思うたんですな」

茶席ではお菓子を口にしてからお茶を嗜む作法があるのだ、と敏夫が子どもたちに説明する。豊薫が笑った。

「たまたまですよ。茶道を嗜む人が皆、掛け軸に詳しいとは限りませんし。ご存知なくても今日はこのお茶を出すつもりでした」

「……惺々着とは、耳が痛なる公案でした」

刺されたような顔をして敏夫が一瞬目を伏せる。その仕草はどこか祐輔に似ていた。

一呼吸おいて、敏夫が家族を見回す。

「今まで黙っとって悪かったなぁ。家のことは弓子さんに任せることが多かったし、子どものことを一生懸命考えとるのも知っとったさかい、口を出すのも野暮やろうと思うてたんや。でも、僕がもう少し器用に立ち回れとったら、祐輔が家を出ることも、弓子さんが栞里の教育に躍起になることもなかったかもしれへん」

ゆっくりとした口調だった。おっとりしているのとは違う。言葉を噛みしめるように紡ぐ人なのだ。

「祐輔には気苦労ばっかりかけてしもたな。小さい頃から大人の邪魔にならへんよう立ち回る子やったけど、あんたに甘えさすことを教えることはついにできひんかった。小さい大人みたいやったあんたをどうしてやったらええのか分からんまま、大きくしてしもたな。あんたが家を出たいて言うた時に反対せんやったのは、あんたにとって家族が安心して身を寄せられる場所やないて分かっとったからや」

　祐輔が怯むように身を竦めた。まさか自分に言が及ぶとは思わなかったのだろう。

　敏夫が小さく苦笑した。

「栞里はお兄をうまく立ち回れる器用な人と思うとるみたいやけど、ほんまは逆やねんな。器用貧乏で損ばかりしよる。何でも一人でやってしまうし、栞里が起こした揉め事にも律儀に巻き込まれてやって……。ほんまは着物が好きやのに、店継ぎたいとも言わんと家を出て行きよったんは、弓子さんが栞里に期待しとるのを知っとったからやろか」

　え、と栞里が弓子を凝視する。弓子が視線を泳がせた。

「別に絶対に継がそうて思てたわけやあらへん。舞妓になりたいなんていうし、進学も危ういと思うたし……」

　言い淀《よど》んでから、せやけど、と弓子がどこか投げやりに告白する。

「着物似合うやろう。可愛い着こなすやん。愛想もええし、客商売に向いてると思うたんや。お店手伝うてくれるようになったらええなって、ほんのちょっと思うてただけで」

　その「ほんのちょっと思っていた」ことを、祐輔は敏感に感じ取ったのだろう。

　長男である自分が着物に関わりたいと言ったら揉め事になると、誰にも何も言わず身を引いたのだ。

着物を触るのが好き、と言っていた祐輔を思い出して、萌はなんだか切なくなった。

「俺のことはええねん」

居心地悪そうに祐輔が片手を振って話題を退ける。

少し寂しそうに笑ってから、敏夫が栞里に視線を移した。

「栞里は弓子さんに似て我が強いからなぁ。無茶もやるし、弓子さん同様僕も心配で、ぶつかるのもしゃあないと思うとった。年頃やし、反抗したい時期なんやろうとも思うたしな。そやけど今日、あんたの話聞いて、あんたが真剣に舞妓になりたいと思うてるんがよう分かったわ」

雲行きが怪しくなってきたと弓子が渋面になる。

強張る背に手を添えて、敏夫が弓子に語りかけた。

「弓子さんもしんどかったな。もしかしたら、もっと早うこういった場を作ればよかったのかもしれん。君の不安は僕の不安とおんなじや。君の言いたいことは僕の言いたいことや。せやけど」

ためらうように間を置いてから、敏夫が腹を括る。

「せやけどもう少し、栞里に任せてみてもええのかもしれへんよ。幸い僕らには時間もお金もある。就職先やって用意したることができる。そしたら栞里の望むようにやらせてみてもええんやないやろか。君の子や。どうせ何を言うても聞かんやろう。君が頑固に一人で祐輔を育てたように、祐輔が頑なに大人になろうとしたように、栞里やって自分で選んだ道しか歩けんやろう」

控えめに笑う敏夫につられて、弓子が苦笑した。

そういえば怒りのピークはたった六秒だと聞いたことがある。この六秒をやり過ごせば気持ちが落ち着いてくるというから、ゆっくりとした敏夫の喋《しゃべ》り方に耳を傾けていると怒りにくいのかもしれなかった。

無言の同意を得て、敏夫が栞里に向き合う。

「栞里、ええよ。そんなになりたいなら舞妓になったらええ。あんたが望んで青春を手放して、厳しい世界に入るて言うなら後押ししよう。ただ、高校には行き。調べてみたんやけど、最近では十八からでも置いてくれる置屋があるそうやな。高校まで出とったら、万が一舞妓があかんかった時にも道が開ける。せめて十八になってくれたら、酒の席に出ることものみ込みやすうなる。ほんまにやりたいことやったらあと数年辛抱するくらいできるやろう」

「ほんまに?」

ぱっと顔を輝かせて、栞里が身を乗り出した。

「ほんまに舞妓さんになってええの」

「ええよ。高校を卒業したらな」

な、と敏夫が弓子を促す。深々とため息をついて、しゃあなしやな、と弓子が頷いた。

「やったー！　嬉しい！」

バンザイをして喜ぶ栞里の横で、祐輔がほっと息をつく。

「せやったら私、勉強する。塾にも行く。舞妓さんになるなら賢ないとあかんて、瑞江さんも言うとったしなぁ。どうせならちゃんとやるわ」

「うん。家にも戻ってき。もう反対しいひんから」

急激にやる気を見せ始めた娘に敏夫が両眼を細める。弓子が呆《あき》れ顔で敏夫を眺めた。

「私を落とした時とやり口がおんなじや」

「君も栞里も負けず嫌いの頑固者やからなぁ」

ふふ、と笑って躱《かわ》すと、敏夫がソファに沈んでいる祐輔に向かって言った。

「祐輔も、いつでも戻ってきてええんやで。あんたにとって居心地のいい場所をうまいこと作ってやれへんかったけど、それでも家族なんやから」

父の言葉に祐輔がはにかむ。

「うん。せやけど俺、この路地が好きやねん」

豊薫を見て、静香や萌、カウンターに座る椿と瑞江を見てから、祐輔が窓の外に目をやった。

「この路地に並んどる長屋はなぁ、どこも古くてちょっと傾いとって、夏は湿気るし冬は隙間風が厳しいんやけど、おもろい人たちが住んでんねん。お節介で口やかましゅうて、踏み込んでくる時は容赦なくて。お人好しで面倒見よくてわがまま言うても見捨てへん。

変な人たちや」

いらんことというて、と静香が呟く。京言葉になったのは、たぶん無意識だ。

祐輔が視線を戻して敏夫に言う。

「みんな他人やけど、ここにおると俺、安心するんよ。せやから心配せんで」

和やかな笑みを浮かべる祐輔は、久しぶりに見る子どものような顔をしていた。

栞里が何か言いたげに祐輔を見上げ、弓子が複雑そうに眉を下げる。

家族の中に居場所を見つけられなかった祐輔が、路地にそれを見出したことを察したのだろう。敏夫が一つ、頷いた。

「そうか。ほんならこの話はしまいやな」

祐輔に関する話題を切り上げて、敏夫が弓子に顔を向ける。

「そしたら弓子さん。誤解も解けたことやし、栞里に櫛、返したったらどないや」

「え」

「持ってきとるやろう、ここに」

何で知っとるのよ、と弓子が慄《おのの》いた。敏夫が苦笑する。

「何でって……出かけに綺麗な袱紗《ふくさ》出してきて包んどったの見たしな。何やろうと思うてたけど、あれ栞里の櫛やったんやな」

きまり悪そうに指先をいじっていた弓子が、やがて諦めた様子で鞄の中から袱紗の包みを取り出した。

中から出て来た櫛には、翼を広げた白と黒のカカサギが描かれている。

両手で櫛を握りしめて、弓子が一言呟いた。

「私やって……一生懸命愛したんや」

それは栞里のことか。祐輔のことか。あるいはどちらのことでもあったのかもしれない。

分かっとるわ、と敏夫が弓子の背中をさすった。

「親子にも、教育にも、相性があるだけや。うちの家族にはうちの家族の、ちょうどええ距離を探したらええ。弓子さんのことは、僕がずっと好きでいるから」

頑なに強張っていた弓子の肩の線がふと緩む。ようやく事態を素直に受け入れたのだろう。栞里に向かって櫛を差し出した。

テーブルランナーの上をカササギが渡っていく。

年に一度、天の川を渡る七夕伝説を彷彿《ほうふつ》とさせる光景だ。

川を挟んで手渡されるカササギが、この家族にはそれくらいの距離がちょうどいいよ、と言っているように見えた。


「萌ちゃん、大丈夫?」

歩くのもやっとの人混みの中、埋もれかけた萌の手を白い手が強く摑んだ。

人だかりの中から萌を引っこ抜いてくれたのは慶だ。明るめの紺地に白い月下美人の花が咲く浴衣が大人っぽいいでたちである。

帯は白く、まとめた髪には蓮《はす》の花の色に似た紅紫のつまみ細工。いつも通りマスクを着用していたが、涼やかな和装は慶によく似合っていた。

自分も浴衣を着ればよかったかな、と少し羨ましく思ったものの、周囲の人の多さにすぐさま考えを改める。

いやせめて、着慣れた洋服でよかった。

「す、すみません。慣れなくて……」

恐縮しながら同行者たちに謝る。

大丈夫ですよ、と豊薫が笑い、ええねん、ええねん、と祐輔が同意した。

祇園祭十七日目の午前中。今日は祭の中で最も有名な、山鉾《やまぼこ》巡業のある前祭の日だ。

一緒に行きませんかと誘ってくれたのは豊薫である。「慶さんも誘うので」と続けたその意図は萌にはよく分からない。

待ち合わせ場所にした茶寮に着いてみると、そこにはすっかり調子を取り戻した祐輔もいて、元気よく静香に絡んでいた。

結局、留守番の静香を除いた四人で山鉾巡業を見に行くことになったのだが……。

「大丈夫ですか。人に酔ってしまったかな」

豊薫がさりげなく人の流れから外れた場所へと誘導してくれる。

人見知りが災いして誰かと遊びに行く経験が少なかった萌にとって、家族でもない人が三人もいる状態で連れ立って歩くのは難易度が高かった。

まず誰に注視していればいいのか分からないし、決まったフォーメーションもない中でコミュニケーションをとりながら移動するのは至難の技だ。

めまぐるしく変わる状況と三人の会話に、萌はすっかり目を回してしまっていた。

「迷子になりそうなんやったらお兄ちゃんが手ぇつないだるでぇ」

「やめなはれ。セクハラになるわよ」

ぴしゃりと祐輔を諌《いさ》めてから、慶が眉を下げて萌を覗き込む。

「私がつなごうか、手」

「い、いえ……！」

さすがにそれは恥ずかしい。

あの、あの、と焦りながら、萌は手元のスマホを目の前に掲げた。

「しゃ、写真を、撮りたいので」

半分は言い訳だが半分は本音だ。いってらっしゃい、と当たり前のように四人を送り出した静香に、自分の見たものを見せたかった。

温かい眼差しを送る慶と豊薫の間で、祐輔がにんまり笑う。

「しーちゃんそろそろアルバムが必要なんとちゃうか」

「君が買ってプレゼントしてあげたらどうですか」

にっこり笑って豊薫が祐輔のからかいを制する。

きなり色の浴衣を身につけた豊薫は、店で見る時より幾分ラフな印象だ。同じ浴衣姿の慶と並ぶとお似合いの二人に見えた。

「では祐輔くんを露払いにして、僕たちはできるだけ萌さんを挟むように歩きましょうか」

「そうやねぇ。祐輔くん大きいしちょうどええわ。ほら、はよ行きなはれ、露払い」

「ううう。俺への扱い……」

嘆きながらも、祐輔が先に立って歩いてくれた。

祇園祭の顔でもある山鉾巡業は、前祭と後祭の二度に渡って行われる神事である。

この派手な行列は、八坂神社から神様の乗った神輿を四条の御旅所《おたびしょ》へお迎えする神輿渡御と、逆に八坂神社にお帰しする神輿渡御の前に、『露払い』として市中の汚れを払う役目を担っているそうだ。

本来疫神の依代《よりしろ》として立てられた山鉾は時代が下るにつれ贅を極め、きらびやかで神々しいものになっていったという。

「萌ちゃん、こっち」

ぐい、と肩を摑んで祐輔が萌を体の前に入れてくれる。

押し出される形で前方へ出た萌は、ちょうど通りかかった一台の山鉾に目を見張った。

「す、すごい……！」

賑《にぎ》やかなお囃子の音に合わせてゆるゆると歩を進める山鉾は、想像していたよりずっと背が高かった。

大きな山車《だし》の上には囃子方と着飾った稚児《ちご》が乗り、立派な屋根の上には長い長い鉾が立っている。胴の前には大人二人組の音頭取りが優雅な動きで音頭を取っていた。

「あれが鉾、小さいのが山や」

祐輔が示したのは屋根のない山車だ。

松の木を背景に大きな朱傘を立て、その下に着飾った人形が立っている。

「傘の下におるのがご神体やな。撮れる？」

「はい」

山鉾は、これを牽《ひ》く人を合わせるととんでもない人数を動員した行列だ。

圧倒されながらも夢中で写真を撮っていると、隣にいた慶が話しかけてきた。

「見て、萌ちゃん。山鉾の胴体を覆ってる豪華な垂れ布があるやろう。あれは胴懸《どうかけ》やら前懸やらいう懸想品でな、友禅を使うとるものもあるけど、多くが数百年前に海を渡って京都にやってきた美術品なんよ」

「海を越えて……」

そうや、と頷く慶の目がきらきらと輝いている。高揚しているようで、マスク越しでもほんのりと顔が紅潮しているのが分かった。

「ああ、ほら分かりやすいのが来た。函谷鉾《かんこぼこ》や。前懸がいかにもヨーロッパ風やろ。あら旧約聖書の創世記の場面を描いたものなんよ。水引は京都生まれの染色家が作った手織りの群鶏図。胴懸は十七世紀の朝鮮絨毯《じゆうたん》、インド絨毯、中国絨毯の三枚が掛かっとる。ほんまに歩く美術館やわ」

こんなにはしゃいでいる慶を見るのは初めてだ。一度にたくさんの美術品が歩いてくる様は慶にとって天国のような光景なのだろう。

もしかして豊薫はそれを分かっていて慶を誘ったのではないだろうか。

そんなことを考えながら、萌はスマホを動画に切り替えた。

この方が音も入るし、動きも分かる。より臨場感が伝わると思ったのだ。

「そうだ。豊薫さん、静香くんてスマホ持ってるでしょうか」

ふと思いついて、萌は慶の後ろに控えていた豊薫を振り返った。

不思議そうな顔をして豊薫が答える。

「いえ、長く使わなかった時期があるので解約してしまいました。インターネットは僕のパソコンとタブレットを使ってますが」

どうしました、と問われて、萌はしどろもどろになりながら説明した。

「ええと……ビデオ通話ができたら、路地の中からでも一緒にお祭りが見れるかな……と思ったんですが」

「なるほど、それは思いつきませんでした」

「ええやん！　しーちゃんにライブ配信やな！」

祐輔の賛同にほっとする。

ちょっと待ってくださいね、と言い置いて、豊薫が自分のスマホでどこかに電話をかけた。相手が出なかったのか、しばらくしてスマホを下ろす。

「だめですね。家にいるはずなんですけど電話に出ません。ビデオ通話するにもまずアプリを立ち上げてくれないことには……」

ふむ、と思案げに眉をひそめる豊薫を見て、萌はとっさに申し出た。

「そ、それなら私が茶寮に行って静香くんに事情を説明してきます」

「え」

「だめですか」

萎縮する萌に、いえいえそうじゃないです、と豊薫が慌てて言葉を足した。

「僕が行くつもりでいたので不意をつかれただけです。そうですね。どうせ帰ってくるなら静香も萌さんの方がいいでしょう。お願いできますか」

「え……えと、はい」

最後の方は意味がよく分からなかったが、了承してもらえて嬉しくなる。

三人と別れた萌は苦労して人山を抜けると、茶寮に向かって駆け出した。

祭り囃子の気配を背中に感じながら、色あせた路地を抜けて茶寮に向かう。

住人たちは皆出払っているのか、路地の中に人気はなかった。

鍵のかかっていない引き戸を開けて、戸惑う。

思いの外静まりかえった店内に静香の人影は見当たらなかった。

もしかして住居部の方だろうか。

二階へと続く階段を見上げて、萌は困った。

住居部である二階へ上がったことは、まだない。

物理的な障害はなかったが、招かれてもいないのにプライベートな空間に足を踏み入れるのは躊躇《ためら》われて、萌は階段下をうろうろと歩き回った。

大声で呼んだら聞こえるだろうか。それより豊薫に来てもらった方がいいかもしれない。

考え込んでいると、キッチンの方から物音がした。

「静香くん？」

呼びかけるも、返事はない。

外から人影は見えなかったが、奥の控え室にいるのかもしれない。

大きな声を出さなくて済むと、幾分ほっとして萌はキッチンに近づいた。

オープンキッチンを回り込んで中に入る。と、足元に転がる人影に気づいて、萌は心臓が止まるほど驚いた。

「静香くん……！」

コンクリートの床に蹲るようにして倒れていたのは静香だ。

ぶるぶると震えて、明らかに様子がおかしかった。

「静香くん、静香くん、どうしたの」

ほんの数歩を駆け寄って、萌は静香を助け起こそうとした。

呼吸が早い。早すぎる。

どうやら過呼吸になりかけているようで、自覚があるのか静香は呼吸速度を制御しようと苦心しているようだった。

「萌……？」

激しい呼吸音の中で静香が尋ねる。

「そう、そうだよ。分かる？」

静香が何か言いかけて、大きく咳き込む。苦しそうな姿に萌は泣きたくなった。

どうしよう。どうしたらいい。

同じような光景なら以前見たことがある。祐輔が静香を引きずって路地門を抜けようとした時だ。あの時は確か、路地の中にいればじきに落ち着くと言われたが……。

でも、じゃあこれは何だ。どうして今、静香はこんなに震えている。

「そ、そうだ電話。救急車」

ようやくそこに思い至ってバッグの中を探る。その腕を静香が掴んだ。

「だ……だい、じょうぶ」

息も絶え絶えに静香が救助要請を拒否する。

ちょっと待って、と請う静香の声があまりにも弱々しくて、萌は胸が潰れそうだった。

びっくりさせてごめん、と静香が呼吸の合間に言葉をねじ込んだ。

「と……時々、こうなる。……家にいても……だめな時が」

片腕を取られたまま萌はぶんぶんと首を振った。不安で、怖くて、心配で。泣き出したい気持ちを必死に奮い立たせて静香に尋ねる。

「私に何か、できることある？」

真っ青な静香の顔がこちらを見上げる。

意味を咀嚼《そしやく》するような間が空いた後、囁《ささや》くような声が返ってきた。

「手をつないでいて欲しい」

そんなことを口走る程度には静香も心細いのだろう。

一も二もなく快諾して、萌は腕に触れていた静香の手を外すとそれを両手で包み込んだ。細かく震える静香の指先が萌の手を握り返す。血の気が引いて冷たくなった体に少しでも体温を分けられるようにと、萌は祈るような気持ちで静香の手を握り続けた。

どれくらいの間そうしていたのだろう。

いくらかマシになってきた呼吸の中で、静香がふいに話し始めた。

「と……父さんと、母さんが死んだのは……火事のせいなんだ」

おそらく独白に近いのだろう。萌の反応を待たずに静香が続けた。

「その日俺は家にいなくて……修学旅行で奈良に出ていた。会社勤めを始めていた豊薫は一人暮らしをしていたから、家には父さんと母さんと……ばあちゃんがいた」

修学旅行二日目。行程では京都に入る日だった。

大きなテーブルで同級生たちと朝食を囲んでいると、担任の先生が青い顔で静香を呼びにきたという。

学校を経由して旅館に電話をしてきたのは、本来なら会社に向かっているはずの兄であった。電話口に出た静香の声を聞いて、ああよかった、と小さく呟いたそうだ。

「その電話で、前の晩に家が燃えたことを知ったんだ。……原因は、ばあちゃんがゴミ箱に捨てた仏壇の香炉灰だった。消えたと思っていた線香に火が残っていて、それが他のゴミに引火したって……。真夜中だったから、火の手が回るまで誰も気がつかなくて……」

呼吸を阻害する会話は苦しいだろうに、追い立てられるように静香が続けた。

「母さんはまず、ばあちゃんを外に逃して……次に調子が悪くて床に伏せっていた父さんを運び出すため、家に戻ったらしい。そして、それきり戻らなかった」

極寒の地で凍えるように、静香の体が震えている。真っ青な顔も、真っ青な唇もそもまで、夜色の瞳がどこか遠くを見ようとしていた。

「い、遺体を確認したのは、豊薫だけだ。俺は急いで神奈川に戻って……泣き続けるばあちゃんのそばにいることしかできなかった」

祖母の落ち込みは酷かった。

自分一人が生き残ったことにも苦しんでいたが、自分の行いが火事の原因だと知ると、身を寄せていた豊薫のマンションの部屋で、床に頭をこすりつけて何度も何度も謝ったという。

「葬儀の手配や、保険会社への連絡……そういうことは全部豊薫がやっていて、家を開けることも多かった。だから俺はできるだけばあちゃんのそばにいて、できるだけ声をかけるようにしていたんだ。……でも」

ある日、切らしていた牛乳を買いにいくため、静香は一時家を離れたそうだ。

飲み物といえばお茶を好んだ両親と違って、祖母は砂糖を入れて温めたホットミルクが大好きだった。塞ぎ込む祖母をなんとか励ましたくて、静香はホットミルクを入れてやることを思いついたのだ。

「ほんの、十分くらいのことだった。その間にばあちゃんは、ベランダから身を投げて死んでしまったんだ」

あまりのことに、萌は思わず息をのんだ。

しがみつくようにぎゅう、と力を込める静香の手を必死に握り返す。

「俺が家を離れなければ……。牛乳なんて、買いに出なければ」

ばあちゃんはまだ、生きていたかもしれないのに。

そう吐き出した静香の瞳から大きな涙が一粒、こぼれる。

結局、両親と合わせて三人分の葬儀を出すことになり、静香の心は限界を迎えたようだ。

体が重くて、動かない。心も重くて、動かない。

分厚い膜に覆われたように全ての感覚が鈍くなり、現実をぼんやりとしか受け取れなくなってしまったと静香は言う。

「その頃のことは、あんまりよく覚えてない。葬儀のことも、俺の面倒も、豊薫が一人でこなしていたと思う……。覚えているのは、夜が怖かったことくらい。寝ている間に……その、みんないなくなってしまうような気がして……」

いなくなる、と表現をぼかしたが、つまりは死ぬことを恐れていたようだ。

「眠っている豊薫を見るのも怖かった。知らない間に心臓が止まっているんじゃないかと不安になって……夜中に何度も呼吸を確認した」

豊薫はいつの間にか仕事を辞めていた。

1LDKの部屋では手狭だと思ったのか、それとも思い出の詰まった神奈川にいたくなかったのか。気づいた時にはこの路地に移り住む段取りを進めていたそうだ。

引越しや学校のことについては意向を聞かれたはずだけど、それもやっぱりあまり覚えていない、と静香が目を伏せる。

そうして移り住んだこの路地で、兄弟の新しい生活が始まったのだ。

社交的な豊薫の人柄もあり、しばらくすると路地に住む者たちとの関係も深まって頻繁に交流するようになった。

「……祐輔じゃないけど、ここではみんなうるさいくらいに構ってくる。入れ替わり立ち替わり毎日誰かがやってきて、俺がぼんやりしていても勝手に喋って帰っていくんだ。お節介でうるさくて面倒くさくて……少し、寂しくなくなった」

やがてぼんやりすることも減っていって、静香は再び生きていく活力を取り戻したという。しかし同時に、その頃からなぜか路地の外に出ることができなくなってしまった。

「どうしてこうなったのか、本当に全然分からないんだ。……でも怖い。あの門を超えて外に出るのが怖い。死ぬほど怖くて目の前が真っ暗になる」

一度言葉を切って、静香が呼吸を整えようとした。声はだいぶしっかりしてきたが、まだ少し息苦しそうだ。

「なんで外に出られないんだろう。どうしてこんなに怖いんだろう。せめて中で大人しくしていようと思うのに、忘れた頃にこうして時々おかしくなる。——俺はずっと、一体いつまで、豊薫のお荷物でいればいいいんだ」

ううう、と呻いて静香が再び蹲る。

慰める言葉も、励ます言葉も見当たらなくて、萌は悲しくなった。

神様。神様。祇園の神様。どうかこの人を助けてください。少しでも心を軽くしてください。

祈るように静香の手を握り続けていると、店頭から引き戸の開く音がした。

「萌ちゃーん、しーちゃーん。遅いから様子見にきたでー……あれ？」

聞き慣れた祐輔の声に、はっとする。

「ゆ、祐輔さん……！　こっちです」

声を頼りに、祐輔が店内に入ってくる気配がした。

ひょい、とキッチンに顔を出した祐輔を見て、泣きたくなるほど安堵する。

「どないしたん」

へらへら顔を引っ込めて、祐輔が近づいた。大きな体でしゃがみ込むと、蹲ったままの静香を抱き起こして肩を支える。

「具合悪いんか、しーちゃん」

「ちがう……いつもの」

青い顔で首を振る静香に、そうかぁ、と優しい声で祐輔が相槌を打った。

「大丈夫やで。すぐに豊薫さんも来はるしな」

そして萌の方を見て励ますように笑いかける。

「萌ちゃんもびっくりしたな。二人きりで心細かったやろう。なかなか連絡来んし、なんや気になるて豊薫さんが言うから戻ってきたんよ。しーちゃん路地ん中でしんどくなる時は運悪く誰もいーひん時ばっかりやしなぁ。見にきてみてよかったわ」

ぺらぺらとよく喋る祐輔の調子に気が紛れたのか、静香の顔色が少しずつもどってくる。あんなに震えていた体も、落ち着きを取り戻していくようだった。

少し遅れて、豊薫が茶寮に戻って来た。

「静香」

話し声を頼りにキッチンを覗いた豊薫が、異変に気づいてすぐさま静香のそばに膝をつく。祐輔が簡潔に状況を説明した。

「いつものやって。もうだいぶ落ち着いとるわ」

「……そう」

頷きながら豊薫が静香を覗き込む。豊薫がそっと頬に触れると、静香が安心したように瞳を閉じた。大丈夫そうだ、と確認してから豊薫が萌に向かって微笑んだ。

「お茶を淹れましょうか。今、慶さんが焼き餅を買ってくれてますから、戻ってきたらみんなで食べましょう」

立ち上がった豊薫の背中に、ごめん、と静香の小さな声が追い縋《すが》る。

何に対する謝罪だったのか。聞き返すことはせずに、豊薫が静香の頭を軽く撫でた。

「どんな形でも、お前が元気でいてくれたら、僕は嬉しい」

豊薫の言葉に静香がゆっくりと瞬《まばた》きをする。

つないだ手のひらから力が抜けて、静香の強張っていた心が徐々にほぐれていくのを感じた。

「そういえばなぁ」

思い出したように明るい声で祐輔が話題を変える。

「しーちゃん萌ちゃんから聞いた？　萌ちゃんなあ、ビデオ通話使てお祭り中継したら、しーちゃんも楽しいんやないかって思いついてん。名案やろう。山鉾は通過してしもたけど、夜にはお神輿も出るしな。しーちゃんも見れるで、お神輿」

子どものようにはしゃぐ祐輔に呆れた眼差しを送りつつ、静香が少し笑う。

何を淹れましょうね、と豊薫が棚に歩み寄り、アプリ見よか、と祐輔が静香を抱えたまま豊薫の差し出したタブレットを受け取った。

つないだままの静香の手はいつのまに温かくなっていて、その心地よさに萌はそっと胸を撫で下ろした。

四章　再生の紅《あか》いほうじ茶

山々が錦の色に染まり始めた、秋。

祝日の祇園《ぎおん》にて、萌《もえ》は古びた路地門を見上げていた。

祇園祭の後、祐輔《ゆうすけ》は再び実家の着付け教室を手伝うようになったという。

親子の形はいまだに歪《いびつ》で、少しぎこちないようだが、敏夫《としお》との会話は増えたそうだ。

栞里《しおり》は時々路地にやってきては、祐輔を困らせたり瑞江《みずえ》に指導されたりしている。

静香《しずか》は再び平静さを取り戻して、日々を穏やかに過ごしていた。

お茶を飲んで。本を読んで。路地の外になど興味も示さない。だけど萌は、もうそれが静香の全てではないことを知っていた。

両親が死んだことに傷つき、祖母から目を離したことを後悔して、路地から出られなくなったことに苦しんでいる。

どうして、と自問した静香の言葉は、今では萌の疑問となっていた。

木製の路地門に触れてみる。取り立てて何の変哲もない門だ。

威圧感もなく、静香がなぜこれを怖がるのか分からなかった。

春流《はる》家を襲った不幸を聞いた時、萌は静香が家を空けることを恐れているのではないかと思った。

両親も、祖母も、静香が家にいない時に亡くなっている。

豊薫《ゆたか》も同じ条件ではあったが、静香の場合、二度目の喪失に対して自責の念が強かった。家を空けると家族に不幸が訪れる。そう考えるようになったのだとしたら、最後に残った豊薫を失うことを恐れるのも自然な気がした。

しかしだとすると、どうにも不自然な点がある。

自宅でもある茶寮からは、簡単に出られるということだ。

家を空けることを恐れるなら、茶寮を出ることこそを怖れるような気がしたが、静香は路地の中なら自由に闊歩《かっぽ》できた。

目の届く範囲に豊薫がいれば安心なのだろうか。

だけどそうなると、今度は豊薫が外出しても平気なことに説明がつかなくなる。

月命日だけじゃない。買い出しや祭りなど、豊薫が路地門を出る機会は多い。なのに祇園祭のあの日まで、萌は静香があんな風に取り乱すのを見たことがなかった。

うーん、と路地門を見上げて首を捻《ひね》る。きっと何かトリガーがあるはずなのに。

規則性がありそうで見つからないもどかしさに、萌はため息をついた。

「萌ちゃん、萌ちゃん」

無声音の声に呼ばれて、はたと思考を止める。

辺りを見回すと、瑞江の住んでいる長屋の玄関から祐輔が顔を覗《のぞ》かせていた。

「早う。こっちや」

利き手でおいでおいでをする祐輔は、こそこそと挙動不審で怪しさ丸出しだ。

——萌ちゃん、今度お休みの日でアルバイトのない日、教えて。

祐輔にそう声をかけられたのは十月に入って間もない頃だった。

問われるまま予定を教えると、少ししてから今日の日を指定して路地に来て欲しいと頼まれたのだ。しかも、しーちゃんには内緒で、という不可解な注文付きで。

「祐輔さん、こんにちは」

「挨拶《じ》は後——！」

焦れた祐輔が運動靴を突っかけてやって来る。

早く早くと肩を押されて、長屋の中に連れて行かれた。

祐輔がぴしゃん、と戸を閉める。まるで何かから姿を隠したがっているようだ。

上がり框《かまち》を上がって曇りガラスのはまった引き戸を開けると、畳の部屋に瑞江をはじめ、慶《けい》、橘花《きっか》、椿《つばき》と路地の住人が勢揃《せいぞろ》いしていた。

「え……な、何事ですか……」

思わず怖気《おじけ》づいて後退る。おや、という顔をして橘花が祐輔を見やった。

「なんやお前、説明せんかったんか」

「あれ？　『もうすぐしーちゃんの誕生日やし、みんなでなんかしたろう。集まって相談しよ』って言わへんかったっけ」

首を傾ける祐輔に、萌はぶんぶんと頭を振った。

聞いてない。そして静香は誕生日なのか。

寝耳に水の情報に唖然《あぜん》としていると、慶が隣に呼んでくれた。

「じゃー、改めて説明するけどや」

瑞江と橘花の間に収まった祐輔が、あぐらをかきながら場を仕切る。

「前に豊薫さんから聞いたんやけど、来《きた》る十月二十三日はしーちゃんの誕生日や。十月言うたら二年前はしーちゃんが引っ越してきたばかりの頃やったろう。去年はもう路地を出られんようになっとったし、誕生日を祝う相手なんて豊薫さんだけや。それまではずっと家族でお祝いしてたっちゅうから、そら寂しいやろなと思うてな。ちょうど土曜日やし、賑《にぎ》やかにお祝いしてやりたいねん」

日頃何かとからかいすぎては鬱陶しがられる祐輔だが、一方で静香をよく気にかけていた。静香を喜ばせたいという祐輔の思いに、住人たちも応えたようだ。

「萌ちゃんは春からの付き合いやけど、仲ようしとるし。一緒にお祝いしてくれたらしーちゃんも嬉《うれ》しいやろなあ、て思うたんや。言い忘れとったみたいやけど」

えへへ、と祐輔が頭をかく。悪びれたところがないのは相変わらずだ。

居住まいを正して、萌はぺこんと頭を下げた。

「えっと……仲間に入れてもらえて嬉しいです。よろしくお願いします」

学校以外でこんな風に人と集まって何かを計画するのは初めてだ。ついでに言えば家族以外の誰かの誕生日を祝うのも初めてである。高揚感が体に満ちて、どきどきした。

「さて、じゃー何するか考えよ」

祐輔の緩い号令で、それぞれが案を出し始める。

「誕生日言うたらやっぱしケーキやろか。みんなで食べるならおっきなケーキ焼こうか」

「せやったらうちのお店のオーブン使《つこ》たらええわ。美味しぃ焼けるで」

「ケーキ準備するなら料理も出したらよろしやろ」

「そらええなあ。そしたら俺は瑞江さんの手伝いに回ろか。料理言うたら祐輔は役に立たんやろし」

「ほんなら俺は装飾でも考えよかなー」

わいわいと意見を交換し合ううちに、なんとなく計画の全体像が見えてくる。

みんなで一緒に。賑やかに。だけどあまり気負わない、手作りの会を。

瑞江が立ち上がって壁際の本棚に近寄った。

「若い子ぉが食べる料理やら、何がええですやろ」

言いながら、本を何冊も引き抜いて座卓に戻る。一抱えほどもある本の束は全て料理本だった。

「すごいな、瑞江さん！　これ全部作れんの」

目を丸くする祐輔に「あほいうて」と瑞江が呆《あき》れる。

「こないにぎょうさんのレシピ本、端から端まで作っとるわけないやろ」

確かに、料理本に載っているからといって全ての料理を作る人は少ないだろう。料理本とは、気になったものをいつでも作ることができるツールであって、作らなければいけないタスクではないのだ。

それにしても、と萌は机の上の本を見つめた。

和食、洋食、多国籍料理……古いものから比較的新しそうなものまで、実に多岐にわたるラインナップだ。

「瑞江さんは、料理が好きなんですね」

何気なく漏らした萌の言葉に、瑞江が苦笑した。

「それがなぁ、最初はそうでもなかったんですわ。亡くなった主人と一緒になるまでは、台所に立つのも好かんでね。好かん気持ちが料理にも出てしまうのか、美味しいものは作れへんし。そうなると余計にやる気ものうなってもうてね」

瑞江を嫁にとった錦洋多《にしきようた》は、幼なじみの男性だった。

お互いに「行き遅れたら貰《もろ》うたる」などと嘯《うそぶ》くような仲だったが、瑞江が二十八になった年に「そろそろ観念し」と本当に求婚してきたのには驚いたという。

「好きやらなんやら、そういうことはお互い一言も言わんでね。せやから未《いま》だに、なんで私やったのか、よう分からんのですわ」

まあ気が楽やったんでしょうねぇ、と瑞江が仏壇の方に目を向ける。

「私も嫌いやなかったし、他にあてもありまへんでしたしなぁ。断る理由もなくて頷《うなず》いたったんや」

愛したり愛されたり。そういう甘い関係ではなかったのだと突っ張りながらも、仏壇を見つめる瑞江の眼差しは慈しみに満ちていた。

「よう知っとる仲やけど、結婚したらしたで私にも意地がありますやろ。せやからそれまであんまり好きでなかった家事も必死にやりましてなぁ。料理本も買うて、調味料も揃えて。最初はうまく作れんで、悔しゅうて泣いたこともあったんです。そやけど『ご飯作ってもらうために嫁さんにしたんとちゃう』って慰められましてな」

あら素敵、と椿が横から口を出す。しかし瑞江は「何言うてますの」と目を眇《すが》めた。

「できひんことをできひんままでええって言われるなんて屈辱や。悔しゅうてたまらんで、絶対にできるようになったろうって思いましたわ」

とんでもない、いじっぱりの天邪鬼である。

何となく耳を傾けていた男性陣の顔に苦い笑みが浮かんだ。

「ほんで一念発起して一生懸命練習したんです。その内段々上達しましてなぁ。上手に作れますと美味しそうに食べてくれる。いつもとちゃうもん作ると珍しがって喜んでくれる。好物作る日はそばをうろうろして待ち構えたりして」

ふふ、と笑って瑞江が料理本を撫《な》でる。

「分かりやすう褒めたり、労《いたわ》ったりする人やあらへんかったけど、子どもみたいな反応が

「楽しみやって。気ぃついたらすっかり料理に嵌《はま》っとったんですわ」

息子が生まれる頃になると、瑞江はすっかり家事が得意になっていた。

そして今度は息子のために料理のレパートリーを増やし続けたという。

「そういうわけで料理本ばっかりぎょうさんあるんです」

やっぱり素敵な話だ、と萌は思う。

数多ある料理本は、まるで瑞江と洋多の絆《きずな》の歴史を表しているようだ。

祐輔の家庭のようにボタンのかけ違う関係もあるのを知っている分、それはなんだか萌を安心させた。

「これだけのレシピがあったら、よさそなもんが見つけられるやろ。見て、おもてなし用の本もある」

「よう食べそうな面子やし、食べでがあるのがええわねえ」

椿の開いた料理本を慶が端から覗き込む。

「俺、肉がいいー！」

「お前の誕生日やないやろが」

割って入る祐輔を橘花が苦笑で嗜《たしな》めた。

賑やかな会話を聞きながら、萌はふと一際使い込まれた一冊に目を留めた。

ちょっとした図鑑のような分厚い冊子で、基本のおかずを中心に一日三食、三百六十五日分を提案している本である。角が削れ、微妙に反り返りの癖がついているが、弱くなった背表紙に丁寧な補修が施してあり、大切に使われていたことが窺《うかが》えた。

萌の注目に気づいた様子で瑞江が説明する。

「それなぁ、主人が亡くなる直前に贈ってくれたもんなんですわ」

洋多は早世の人だったらしい。

息子がランドセルを背負うようになった頃、体を壊して入院した。精密検査で発覚した病気はもう手をつけられない段階で、そこからあっという間に悪くなってしまったという。

幸い贅沢《ぜいたく》さえしなければ当面の生活に困らないだけの貯蓄があり、それに関しては運がよかったと瑞江がこぼした。

洋多が分厚い料理本を瑞江に贈ったのは、一度目の昏睡《こんすい》を抜けた後だったそうだ。

自分の寿命を察したのだろう。ある日病室にやってきた瑞江に、剥《む》き身の料理本を手渡した。


――あんたはとりあえず、料理本読んでる時は機嫌がええから。


憎まれ口にも近い物言いだったが、要するに憔悴《しょうすい》していた瑞江を励まそうとしたらしい。

「誰に頼んで手配したのか知らんけど、わざわざ簡単には読みきれんようなものを買《こ》うたりしてなぁ。それでも眺めて落ち着きなはれ、て言うんです。自分は死にかけのくせに、無茶言いなて話ですわ」

その後洋多は何度か危篤を乗り越えたものの、やがてことん、と逝ってしまった。

残された瑞江は喪失感に耐えながら、息子と二人の生活を送り始めたのだ。

「寂しい時はこの本を開きましてな。頭から一品ずつ料理を作っていきましたんや。……そうやわ。この本の料理だけは、載っているもの全てを作りましたわ」

懐かしそうに瑞江がぱらぱらとページをめくる。

温かくも切ない思い出に、萌は言葉が見つからなかった。

「ほら、肉料理もありますよ」

ハンバーグやら肉詰めやらのページで手を止めると、瑞江が祐輔に本を向けた。

「ほんまや！」

祐輔が目を輝かせて料理本に飛びつく。と、怪訝《けげん》そうに表情を改めた。

「あれ。この本、穴が空いとる」

「え」

大事な本に、穴が。びっくりして、萌は思わず身を乗り出した。

祐輔の指差す場所を見ると、確かに針を通したような小さな穴が空いている。

「あ……こっちにも」

よく見ると穴は一つじゃない。文字の上に開けられているので見落としがちだが、ぷつ、ぷつと複数箇所を傷つけていた。

あらー、と椿が眉を下げる。

「息子さんが小さい頃にいたずらでもしたんかしら」

なるほど。子どもがやったことだとしたら、不規則な穴の空き方にも説明がつく。

納得しかけていると、瑞江が「ちゃいますよ」と首を振った。

「その穴なぁ。なんや知らんけど、最初から空いとったんですわ」

「最初から……？　古本だったのでしょうか」

萌の推察にやっぱり首を振って、瑞江が苦笑した。

「新品やったと思いますよ。穴が空いている以外は綺麗《きれい》な本でしたし。何より発行年月日が新しかったですから」

ただ、と瑞江がいくらかページをめくって見せる。

「この通り、一ページだけやのうて、ぎょうさん空けられとるんです。気ぃついたんは主人が亡くなった後で、もうわけを聞くことはかないまへんでした」

本当だ。見せられたページは、どれも注意深く探さないと分からないような小さな穴が認められる。いたずらだとしたら、ずいぶん入念な仕事だと萌は思った。

「何でやろう」

「不思議やなあ」

椿と慶が同時に疑問符を浮かべる。その正面で祐輔がカッと目を見開いた。

「分かった！」

耳に響く声にびっくりして、萌は思わずのけぞった。

自信満々に祐輔が言う。

「これ、暗号なんとちゃうやろか」

「暗号？」

隣の橘花が訝《いぶか》しげに眼差しを強める。そうそう、と楽しそうに頷いて祐輔が続けた。

「前にテレビで、脱獄犯が本の差し入れを使て外部と連絡取ったってネタやっとってなぁ。そんな感じでなんや意味があるのかもしれへんよ」

脱獄犯と瑞江の夫を同列に語るのはどうなのか。

様子を窺った瑞江はしかし、苦笑しただけでまともに取り合ってはいないようだった。

「例えばなー。この穴の空いとる文字を順に読んでいったら言葉になるとかー」

最初のページから穴の空いた文字を拾って、祐輔が順に読み上げていく。

「い、大、油、す、ム……あら？」

案の定うまくいかず祐輔が首を傾けた。

胡散《うさん》臭そうに眺めていた慶が、思いついたように口を挟んだ。

「もしかして、あいうえお順で一文字ずつずらして読むんとちゃうやろか」

「う、ぢう、せ、メ？　やーちゃうやろなぁ」

「いろは読みならどないや」

つられたように椿も話題に加わる。しかし同じく意味のある文にはならなそうだった。

「うーん」

祐輔の唸《うな》り声に合わせて、全員が首を捻る。

こうしてみんなで話し合っていると、なんだか本当に暗号のような気がしてくるから不思議だ。

最初は適当に流していた瑞江も、いつの間にか本気にし始めたようだった。

「もし、ほんまに何か意味が隠されとるんやったら……見てみたいわねぇ」

ぽつりと呟《つぶや》いた瑞江に、祐輔がしまったと顔を歪《ゆが》める。

このまま収穫がなかったら瑞江はがっかりするだろう。

他の面々も察した様子で、それまでより真剣に料理本を検分し始めた。

全員が料理本に神経を注ぐ中、玄関から戸を叩《たた》く音がした。

「こんにちは」

呼びかける声は豊薫のものだ。はっとして、各々が玄関の方を凝視する。

「瑞江さん。皆さんも、いらっしゃるでしょう」

「まままずい」

動向を察している様子の豊薫に祐輔が慌てる。

「静香くんはいるんやろか」

慶が腰を浮かせ、瑞江が立ち上がった。

「待ち。まず私が出るさかい。その間になおすもんなおして」

てきぱきと指示して玄関に向かう。時間稼ぎをするつもりなのか、出ていく時後ろ手にしっかり戸を閉めた。

みんなでばたばたと料理本を片付ける中、ふと思い立って、萌は例の料理本を脇に避けておいた。

なんとか体裁を整えた頃、戸が開いて豊薫が顔を出す。

「ああ、やっぱり。お揃いでしたか」

にっこりと微笑む豊薫は今日も和服がよく似合っている。

えんじ色の襟《えり》にきなり色の着流し。くすんだ山葵《わさび》色の羽織りには秋の月を彷彿《ほうふつ》とさせる丸模様が入っていて、全体的に秋らしい組み合わせだ。

流れるような仕草で裾を捌《さば》くと、畳の上に直接豊薫が座った。

「最近は朝晩冷えるようになりましたね。うちの茶寮、路地に向かったサッシのガラスが大きいので、この時期からは冷え込みがきつくて」

唐突に雑談を始めた豊薫にそれぞれが戸惑いの表情を浮かべる。

「客商売ですから、雨戸を立てたりスクリーンを降ろすわけにもいかないでしょう。それにうちには、暖かい席から外を眺めるのが好きな出不精がいるもので」

この辺りで萌はようやく、豊薫の含むところに気がついた。

大抵の時間、ソファ席で文庫を開いている静香は人の気配に聡《さと》い。一見何も見ていないようで、路地の動きをよく見ているのだ。もしかして住人たちの動向に気づいたのは豊薫ではなくて、静香だったのではないだろうか。

案の定、豊薫が萌の推測通りの言葉を口にした。

「弟が言うには、どうも朝からきなくさいと。皆さんで示し合わせて瑞江さんの家に集まっているようだと言うんですね。それだけならよかったのですが、祐輔くん。君、萌さんをこの家に引っ張ってきたでしょう。彼女が店にも寄らず他所の家に入るのはこれが初めてなので、どうにもショックを受けたようで。仲間外れにされたとすっかりへそをまげてしまいました」

「あちゃー」

祐輔が額を押さえる。

「そらまずいな。しーちゃんを傷つけよう思たわけやなかったんやけど」

しょげる祐輔に対して豊薫はどこか楽しげだ。ことはそう深刻ではないのかもしれない。

「あの」

思い切って、全員の前で声を上げる。

大人数の前で発言するのは苦手だが、春先から時間をかけて慣れ親しんできた住人たちの中でなら、勇気が出せるようになっていた。

それでも大事な局面で口を開くのはやっぱり緊張して、恐る恐る持ちかける。

「その……豊薫さんには、事情を説明しておいたらどうでしょう」

ここまではっきりと不信感を抱かれては、誤魔化すのは難しい。それなら協力してもらった方が、何かとうまくいくような気がした。

「そうやなあ」

加勢してくれたのは慶だ。

「よう考えたら豊薫さんにも動いてもろたほうが、いろんなことがスムーズに運ぶ気ぃがするわ。祐輔くん、詰めが甘いし」

「隠密に向いてないし」

口添えしたのは椿である。祐輔が情けなさそうな笑みを浮かべて肩を竦《すく》めた。

「えっと、あの、それで」

言いたいことはその先にある。

懸命に言葉を手繰《たぐ》り寄せると、萌は瑞江に向かって提案した。

「瑞江さんの料理本の話、静香くんに相談してみませんか」

豊薫が店を離れるくらいだからお客はいないのだろうと踏んではいたが、店の表には抜かりなく「close」の人除けが下がっていた。

ぞろぞろと連れ立って茶寮に入る。ソファ席に近づくと、静香は頭からフードをかぶってふてくされてた。

ソファの肘掛を抱くようにして、押しかける住人たちに顔も向けず文庫を読んでいる。

ずいぶん分かりやすく拗《す》ねたものだ。

「しーちゃーん。かんにんなぁ。なんや誤解さしたみたいで」

仲間外れにしたわけやないんよ、と祐輔がソファの前にしゃがみ込む。

フードの下からちらりと祐輔を見た静香が、ぷい、と顔を背けた。

「ああなるとちょっと面倒やねん」

慶が萌に耳打ちする。

「ああいうのは祐輔くんの専売特許やと思うやろう。ところが静香くんも同類やねんな。どっかの誰かみたいにうるさく主張せえへん分、何をして欲しいのか分からんくて、長引くんよ」

面倒、と言われた静香は、今や完全に祐輔に背を向けてしまっている。しかし。

——甘えてるんだ。

ふと思いついて、萌は妙に納得した。

祐輔と同じ。ここにいる人たちに甘えているから、あんな風に拗ねていられる。

取りつく島もない静香を眺めて、豊薫がおかしそうに両目を細めた。そうして萌に促すような視線を向ける。

瑞江の家でひとしきり事情を聞いた豊薫は、萌の口から瑞江の件を相談するのがいいだろう、と助言していた。そもそも静香に人の役に立てることを教えたのは萌さんなのだから、と言添えて。

買いかぶりすぎじゃないかと思いつつも、提案したのは自分なので嫌とは言えない。

大きく深呼吸すると、萌は静香に近づいた。

「……あの、静香くん」

不機嫌な人に声をかけるのは、通常以上に緊張する。

変に裏返った声に動揺していると、静香の頭が動いた。

フードの下からこちらを窺う静香と目が合って、びくりと肩が跳ねる。

説明しなきゃ。説明しなきゃ。

気持ちばかりが急《せ》いて、肝心の言葉が出てこない。

不自然な間にいたたまれなくなっていると、静香の視線が萌の手元に落ちた。

「それは何？」

口を利いた静香に、祐輔がおお、と反応する。すぐさま両手で口元を押さえたのは、ここで余計なことを言うのは得策ではないと自重したからだろう。

萌が考えをまとめ直す間、静香は黙って萌を待っていた。

急かしたり、話題を変えたり、ましてや先回りして言葉を取り上げたりしない。

出会った頃から変わらず、待つのがうまい人だ。

「えっと……こ、これは瑞江さんの料理本で……」

膝をついて静香の顔の位置に体の高さを揃える。肘掛の側にいたので距離が縮んで、小さくなりがちな萌の声でも聞き取れるはずだった。

「瑞江さんの旦那さんが、亡くなる前にプレゼントしたものなんだって。それに、こんな感じで小さな穴がいくつも空いてね。もしかして暗号だったんじゃないかって話になったんだけど……どうしても分からなくて。それでその、静香くんなら何か分かるんじゃないかと思って……」

考えるのを手伝ってください、と頭を下げる。

恐る恐る顔を上げると、不服そうな静香の視線とぶつかった。

「瑞江の家に行ったのはどうして」

「えっ、えーと……」

静香にしては珍しい変化球でうろたえる。見かねた祐輔が助けに入った。

「瑞江さんがなー、ぎょうさんおばんざい作ったし、分けてくれるって言わはるから遊びに行ったんよ。ほんなら萌ちゃんが路地に来るのが見えてん。萌ちゃん京都のおばんざいは馴染《なじ》みあらへんやろ。ついでにどないやろと思て誘うたんよ。他の人はよう知らんけど、俺と似たようなもんちゃうの」

口八丁の嘘《うそ》は事前に打ち合わせた通りだ。

そうそう、と同意した瑞江が豊薫にタッパーを手渡した。

「はい、いもぼうと柴漬け。ここんちでも食べよし。どうせ後から行くしと思うて、わざわざ声かけんかったんよ」

「ありがとうございます」

にこやかに受け取る豊薫は不自然なところがまるでない。

昨日作ったもんやけど、と土壇場で準備してくれた瑞江も堂々たる態度だった。

「ふうん」

胡散臭そうに兄を眺めて、それでも静香が矛を収める。

真相を追及することを諦めたのか、それとも興味を失ったのか。身を乗り出して萌の手から料理本を取り上げた。

「座れば」

隣を示して静香が言う。

その言葉を皮切りに、豊薫が住人たちにも声をかけた。

「皆さんもどうぞ、座ってください。お茶を淹《い》れますよ」

そっと静香の横に腰掛ける。正面の席には瑞江と祐輔が収まった。他の面々は隣のソファ席に落ち着いたようだ。

いつのまにかフードを脱いだ静香が瑞江に問う。

「他に何か気になることはなかったの」

「気になること」

「変なメモが挟まってたとか、渡された時何か言われたりとか。いつもと違う仕草をしたとか、そういう」

「そうやなぁ……」

もう何十年も前のことだ。何かあっても思い出せないのでは……。

心配する萌をよそに、瑞江が何か思い出した様子でぽんと両手を打った。

「そういえば、その本を貰《もろ》た時、写真を撮りましたんや」

「へえ」

相槌《あいづち》を打って静香が先を促す。

「それがなあ、妙なことで……。旅行に行っても自分が写るんを嫌がるような人やったのに、わざわざ使い捨てカメラを用意して、写真を撮ろうて言いますやろ。珍しいこともあるもんやなて驚いたんですわ。まあ本人は、遺影に使えるかもしれへんぞ、なんて縁起でもない冗談言うとりましたけど」

一つ思い出すと連鎖的に他のことも蘇《よみがえ》るようで、瑞江がそうそう、と先を続けた。

「主人が亡くなった後、そのことを思い出しましてな。フィルムを現像に出したんです。ほんならなんや、けったいなポーズの写真が混じってましてなぁ。私と撮る前に練習がてら自撮りしとったみたいで。ふざけたんやろうけど、真顔でこう」

人差し指と親指で丸を作り、瑞江が自分の顔の前にそれをかざして見せる。

オッケーサインのようだった。

「当然遺影には別のものを使たんですけど」

くっくと笑いを噛《か》み締める瑞江はその写真を思い出したのだろう。よほど滑稽に見えたようで、しばらく肩を揺らしていた。

「皆さん、一服いかがですか」

盆を手に、キッチンから豊薫が出て来る。

立ち上がりかけると、手伝いはいりませんよ、とばかりに豊薫が首を振って萌を制した。

「かぶせ茶の《雁渡し《かりわた》》です」

一人一人の前に清水焼《きよみずやき》の白い湯呑《ゆの》みが提供される。花結晶と呼ばれる、表面に花のような結晶が現れる釉薬《ゆうやく》を使った美しい器だ。

甘く、すっきりとした印象の芳香が鼻をかすめて、萌はふんわり優しい気持ちになった。

「かぶせ茶って、伊勢《いせ》のお茶ですやろか。ずっと昔、お伊勢さん参りに行った時に見た気いしますけど」

年の功か、聞き覚えのあるらしい瑞江が豊薫に問う。にっこり笑って豊薫が答えた。

「そうですね。かぶせ茶の生産が最も多いのは三重県なので、瑞江さんの記憶は正しいと思います。ただ、このお茶は静岡の富士にある農事組合法人で作られたものですから、生産地は静岡県になりますね。組合員の農家さんが作った、シングルオリジンです」

かぶせ茶……。かぶせ茶……。

どこかで聞いたような単語に、萌は春先からの記憶を辿った。

「あ、そうだ」

あれは確か、温度の話を聞いた時に。

「煎茶と玉露の間のお茶だ」

豊薫が笑って頷く。

「静香が適温について話した時のことを覚えていたんですね。そうです。かぶせ茶は玉露や抹茶と同じように、摘み取り前のひと時直射日光を遮って栽培するお茶です。茶畑に覆いを被せて日光を遮りますが、この期間が玉露より一週間ほど短いため、玉露と煎茶のいい所取りをしたようなお茶になるんですよ」

淀《よど》みなく説明を繰り出しながら、豊薫が空いていた慶の隣へと腰を下ろした。

自分用のお茶も用意しているので、今日はこのまま一般客を入れないつもりなのだろう。

「どうぞ。温かいうちに」

勧められるまま、それぞれが湯呑みを取り上げた。

白い器に注がれているのは透明度の高い、緑色の液体だ。あまりに澄んでいて、いつまでも眺めていたい気持ちになる。

わあ美味しい、と誰かが言ったのを聞いて萌は慌ててお茶を口に含んだ。

「な、なるほど……」

最初に感じたのは玉露によく似た凝縮された旨味。追ってその向こうに、煎茶らしい華やかな香りを感じた。

まさに玉露と煎茶のいい所取りだ。

心の底から納得して、萌は小さく唸り声を上げた。

「親しみやすいお茶やねぇ」

「ほんまに」

椿の感想に慶が頷く。

「俺、玉露はむわーって旨味がちょっと苦手なんやけど、これは好きな感じや」

「高い味の分からん子やねえ。いっぺん豊薫さんに玉露淹れてもろたらどないですか」

軽口を叩き合う祐輔と瑞江もこのお茶を気に入ったようだ。

各々がわいわいと所感を述べ合う中、萌はテーブルの中でただ一人、湯呑みに手をつけない人物のことが気になっていた。

料理本を持ち上げてみたり、目を細めてページとページの間を眺めたりしている、静香である。

「何か、分かった？」

「うん」

本を下ろして、静香がこちらを向いた。

「やっぱりこれは暗号だったよ」

豊薫によく似た笑顔を見せて、静香がようやくお茶に口をつける。一口飲んで、ため息をついた。

「美味しい」

静香の呟きに豊薫が嬉しそうに顔を綻ばせる。

一連の動きを見守ってから、萌はだいぶ遅れて驚いた。

「え……じゃあ、暗号が解けたの？」

「うん」

あっさりと肯定する静香に、周囲も後追いでざわつき出す。

「ほんまか、しーちゃん」

「主人は何を書き残したんですやろ」

いつになく余裕のない様子の瑞江が、向かいの席から静香を急かした。

静香が手の中の湯呑みを置く。

「ずいぶんと長い文章だから、俺も何が書いてあるのか、全部を読めたわけじゃないけど」

瑞江にも見やすいよう、ソファテーブルに料理本を乗せて、静香が説明を始めた。

「この本は料理本にしてはやけに文字数が多い。しかも中の文字に穴が空いているとなると、そこには意味があると考えるのが自然だ。で、まずは穴の空いた文字を拾ってそれを組み換えたり五十音を前後にずらしたりしてみたんだけど、意味のある文章にはならなかった」

うんうん、と祐輔が分かったような顔で頷いた。似たようなことは瑞江の家ですでに試し済みだ。

「暗号にはそれを解くための手がかりが存在する場合がある。今回の場合はこれ」

人差し指と親指で丸をつくる、例のポーズを再現して静香が言う。

「わざわざ本をプレゼントした日に普段とは違うことをするなんて意味深だ。写真を撮るという手を使ったのは、瑞江の記憶に残すためで、同時に後から手がかりに気づけるようにするためだったんだと思う」

「オッケーマークが……？」

それともマルという形に意味があるのだろうか。

考え込んでいると、静香が指先を動かした。

「これなら分かるんじゃない？」

立っていた三本の指を人差し指に合わせて筒状にする。更にそれを片目の上にかざして見せた。

「あっ、もしかして『覗く』……？」

唐突に閃《ひらめ》いて、声を上げる。静香が満足そうに口角を上げた。

「そう。これは『穴を覗く』ってサインだったんだ」

そうして瑞江に向き直ると、静香が開いていたページを一枚めくる。

「覗くって言っても、実際にこんなに小さな穴から向こう側を見るわけじゃない。穴の空いている文字の、ちょうど後ろにあたる文字を読めってことなんだよ」

たとえば、と静香が本文が始まる十ページと十一ページを開いた。

「この十一ページにある『下ごしらえ』の『下』に打たれた穴は、その下敷きにされている十三ページの『みりん』の『み』を示している。同じ十一ページの『エネルギー』の『ギ』に打たれた穴は下の『ず』を、『食』に打たれた穴は『え』を指していることになる。

こうして読み進めていくと、最初のページだけで『み』『ず』『え』『へ』という文に誘導されていることに気づく」

意味のある文章が浮かび上がって、瑞江が食い入るように料理本を見つめる。静香が続けた。

「きっと旦那さんは、生前にこの文章を読まれるのが恥ずかしくて、わざわざ分かりにくい暗号にしたんだよ。もしかしたら、気づかれなくてもいいと思っていたのかもしれない。だから遺書にもせず、写真の中に手がかりだけを残して、誰にも、何も言わなかった」

テーブルに乗り出した瑞江の手が震えている。

暗号にまでして隠した文章とは、一体何なのか。

注目を浴びた静香がほんの少し、微笑んだような気がした。

「これはね、たぶん長い長いラブレターだ」

ラブレター。

自分が死ぬと知って、いよいよその日も近いと実感して、読まれなくてもいいから残しておきたいと書き綴《つづ》ったものが、ラブレターだなんて。

息をしているか心配になるほど微動だにしない瑞江の肩を、祐輔がそっと抱いた。

「瑞江さん、書き出してみようや。俺たちも手伝うし」

ページをめくることもできずに固まっていた瑞江が、微《かす》かにうん、と頷いた。

瑞江へ

あんたがこの手紙を読む頃には、俺は死んでいたらええなあと思います。

万が一生きている間に見つかったら恥ずかしゅうて耐えられへんので、面倒やけど隠し文にしました。

今更女々《めめ》しくも思いなんか綴ってみよう思うたのは、一度死線を見たからです。

それから目が覚めた時、あんたがびっくりするほど泣いとったからです。

ああ俺は、この人を置いていってしまうんや。

そう思うたら急にぶくぶくと心残りが膨らんで、あんたが帰った晩、一人で泣きました。

ランドセルを背負うようになった正一《しょういち》の大人になった姿が見たかった。嫁さんをもらうところが見たかった。あんたと一緒に、孫を抱いてみたかった。

当然迎えられると思うてた未来は、今はもう、叶《かな》わぬ夢や。

それから、あんたに一度も言えんかったことを言っておけばよかったとも思います。

せやけど結局、あんたの顔を見ると肝心なことが言えんようになってしまいます。

どうしてと言われたら、あんたとはずっとそうして生きてきたから、としか言えまへん。

それに改まって何か言うたら、あんたはむしろ俺が生きる気力を失うたんやないかと心配するやろう。というのは、言い訳かもしれへんけど。

せやからここに残していきます。たとえあんたが気づかんでも、あんたのために刻んだ言葉が、あんたを見守ってくれますように。

ずいぶん前置きが長うなってしもたけど、言いたいことはたった一つです。

あんたのことが好きでした。ずっと昔から好きでした。

泥んこになって遊んだ頃から。隣の席でえんぴつを貸してくれた頃から。

あんたが綺麗になって、花街に入ってしもうても。

ずっとずっと、きっと誰よりもあんたのことが好きでした。

あんたに言い寄ったどの男より。あんたと姉妹の契《ちぎ》りを交わした置屋の姉さんより。もしかしたらあんたの家族よりずっと、あんたのことが好きでした。

真面目で、気位が高くて、自分の価値を信じとるあんたが好きでした。

そのくせ誰よりも努力して、弱音一つ吐かないあんたが好きでした。

甘やかされるより、期待されることの方を好んで、自分を厳しく高めていこうとするあんたが好きでした。

いじっぱりなあんたが好きでした。ほんとは寂しがりのあんたが好きでした。

そして、俺の嫁さんになってくれたあんたが好きでした。

好きも愛してるも言わんかった、ずるい俺についてきてくれてありがとう。

最後に、正一をよろしゅう頼みます。幸せになってください。

洋多

千文字に満たない、それは壮大なラブレターだった。

二時間ほどかけて全ての文字を書き出した瑞江は、読むなり机に伏せてしまった。

「生きてる時に言うてや……」

そしたら私やって、と続く言葉が啜《すす》り泣く声に変わって消える。

祐輔が背中をさすり、慶と椿がそれを見守った。ふと、橘花が口を開く。

「でもきっと、俺でも同じことをしたわ」

椿が意外そうな顔を橘花に向けた。

視線の合わない瑞江に向かって、橘花が語りかける。

「最期の最期まで、いつも通り過ごしたかったんとちゃうやろか。きっと洋多さんはそれで満足やったんよ」

改めて特別な言葉を交わすのではなく、いつもと同じ調子で、いつもと同じ会話をする。

普段通りという尊さを貫いたのだろうと橘花が言った。

じっと耳を傾けていた瑞江がぽつりと呟く。

「あの人らしいわ」

しんみりとした沈黙が茶寮に満ちた。

悼《いた》むような間を置いて、豊薫が席を立ち上がる。

「お茶を淹れなおしましょう」

手元にある湯呑みはすっかり冷めていた。人によっては器が空になっている。豊薫の動きにつられるように、ソファ席の人々も動き始めた。

居住まいを正し、あるいは呼吸を整え、近くの人と言葉を交わす。

しばらくしてホールに戻ってきた豊薫は、盆ではなくワゴンを引いていた。

パフォーマンスをするつもりらしい。

ワゴンの一番上にお行儀よく並んでいる土色の湯呑みは、確か備前焼《びぜんやき》だ。備前の名の通り岡山の名産である備前焼は、良質な土に釉薬や絵付けをせずに焼く素朴な焼き物である。

豊薫が持って来たのは、白っぽい地に炎の揺らぎを焼き付けたような朱色の模様が入った器だ。形はころんと丸くてやや小ぶり。女性の手にも収まりのいいサイズである。

可愛らしいフォルムのその湯呑みに、豊薫がケトルの湯を少しずつ差していった。

続いてもみじの絵が散った懐紙を傾けて、上に乗った茶葉を披露する。

「岡山県海田《かいた》の製茶工房でつくられたシングルオリジン、《秋風《あきかぜ》》です。今日はこれでほうじ茶を淹れようと思います」

ほうじ茶?

立ったままお手前を始めた豊薫の言葉に、萌は頭の中でハテナを浮かべた。

ほうじ茶といえば茶色いお茶だ。確か茶葉も焦げ茶色だったと思うが、豊薫が用意した茶葉は濃緑の煎茶に見えた。

よほど怪訝そうな顔をしていたのか、豊薫が萌を見て笑う。

「萌さんも見るのは初めてでしたね」

豊薫がワゴンの下の段から何かを取り出した。

カセットコンロだ。それに口のすぼまった小ぶりのフライパンのようなもの。

「これは焙烙《ほうろく》といって、豆や塩、茶葉や銀杏《ぎんなん》を炒《い》るためのものです。フライパンでも代用できますが、日本茶は匂いを吸収しやすいので専用のものを使うのがいいでしょう」

カチっと火を着けると、豊薫が炎の上部に焙烙の底を当てた。

全体を温めてから、懐紙の上の茶葉をさらさら落とす。

「え、炒めるんですか」

思いがけない所業に思わず尋ねると、楽しそうに豊薫が答えた。

「正確には焙《ほう》じる、ですね。炒《い》るとも言いますが、更に焦げ付かせるという意味合いの強い言葉です。ほうじ茶とは茶葉を焙じたもののことですよ」

そういえば、と祐輔が口を挟む。

「お茶屋さんの前を通るとおっきな焙じ機が回っとることとあって、ええ匂いするなあて思うてたけど、あれ、火ぃ入れてんのや」

「そうですね」

豊薫が軽く焙烙をゆすった。ふわふわと白い煙が上ってきたかと思うと、急にあたり一面に香ばしい香りが広がり始める。

「どうぞ、覗いてみてください」

火から下ろして、豊薫が焙烙をみんなが見える位置まで下げた。

「わあ」

十分に熱せられた焙烙の中では茶葉がむくむくと立ち上がり、濃緑だった色はうぐいす色へ、そして灰褐色へと色を変えていく。

ふわあ、と漂う馴染みのある香りに、ほっとするような懐かしさを感じた。

更にいくらかゆすって満遍なくお茶を焙じると、豊薫がテーブルの上に先ほどの懐紙を広げる。焙烙を立てると、空洞になった持ち手の中から茶葉が落ちてきた。

茶葉は焦げ茶色というよりビスケット色。想像していたほうじ茶より色味が薄く、ほっくりとした軽やかな色である。

「ほうじ茶はしっかり焦がすと苦味が増します。今日は軽い飲み口になるよう、火入れを調整しました」

茶葉を備前焼の急須に入れて、ケトルの湯を注ぐ。同時に湯呑みに入れていた湯を建水《けんすい》とよばれる鉢に捨てていった。

ほうじ茶は熱湯であまり時間をかけずに抽出するお茶だ。抽出のタイミングが体に刻み込まれているのか、豊薫は迷いなく湯呑みにお茶を注いでいった。

一人一人の手元に淹れたてのほうじ茶が配られる。

まるい湯呑みにきらきらと輝く赤いお茶は、まるで夕日のようだった。

「どうぞ。《秋風》の手炒りほうじ茶です」

立ち上る香気が鼻をくすぐる。焙じたばかりの豊かな香りだ。

口をつけて驚いた。馴染み深いほうじ茶の味は、思ったよりずっと輪郭がはっきりとしている。それでいて苦味が少ない。これが「火入れを調整した」ということなのだろうか。絶妙な香ばしさと味わいがバランスよく身体に広がっていくのを感じて、萌はほう、とため息をついた。

気づくと周りの面々も同じようにどこかほっこりした顔をしている。瑞江の赤くなった目元も穏やかに緩んでいた。

それぞれの反応を見守っていた豊薫が、そっと差し出すように説明を足した。

「ほうじ茶は本来、古くなって香りの飛んでしまったお茶を美味しく飲むために工夫した飲み方なんです。一度色あせてしまったものを蘇らせる、再生のお茶です」

瑞江さん、と豊薫が呼びかける。

「橘花さんの言う通り、洋多さんは普段通り過ごすことの尊さを選んだのかもしれません。だけどきっと、残していく者たちに対する心残りだってあったはずです。未練がましいと思いながらもどこかに残しておきたかった。そうして今日、こうして見つけてもらえて、洋多さんの思いが蘇って……それはとても、幸運なことです」

いつもはお茶とともに相手の心がまとまるような言葉を添えるのに、今日の豊薫はどこか感傷的だ。見上げた豊薫は柔和な笑みを浮かべていたが、萌にはその表情がどこか寂しげに見えた。

そうか。この兄弟の両親は、思いを残す間もなく逝ってしまったのだ。

隣の席では静香がじっと、手の中のほうじ茶を見つめていた。

「どんな形でも誰かが死んでしまうのは悲しいことです。思いを残せても、残せなくても」

ですから、と豊薫が続ける。

「生きている僕らはせめて、何度でも思い返してあげましょう」

まるで同志に語りかけるようなその言葉は、瑞江だけではなく静香にも向けられているようだった。瑞江が顔を上げて豊薫を眺める。

「そうですなぁ。ほんでちゃんと、悲しんでもあげましょね。自分のためにも」

瑞江の返しに豊薫がはい、と微笑んだ。

「ああ、そうだ」

思い出したように豊薫がワゴンの下段から小皿の乗った盆を取り出す。

豆皿ほどの小さな器に少しずつ取り分けられていたのは、シソの葉で赤く染められた柴漬けだ。小さくきざんで、楊枝が添えてあった。

「瑞江さんからいただいた柴漬けです。お茶と一緒にどうぞ」

シソが香る柴漬けの酸味が口の中の印象をさっぱり変える。漬物の強い印象は、しかしほうじ茶の風味を損なったりしなかった。香り高いからこそ、うまく組み合うのだ。

美味しいものは人を幸せにする。

香り一つで幸せを提供できる喫茶とはなんて素晴らしい文化だろう、と萌は改めて感じ入った。


十月二十三日の土曜日は、雲一つない秋晴れの日となった。

もう昼に近い時刻だったが、路地に立ち込める空気はひんやりとしている。

通常より早く茶寮に着いたのは、今日の計画で萌が重要な役割を担っていたからだ。

緊張する心をなだめすかして萌は店の引き戸をカラカラと開けた。

「おはようございます」

「おはようございます。いい天気になりましたね」

キッチンから出てきた豊薫が天気のことに言及したのは、それが計画の一部に関わることを知っているからだ。

はい、と返事をして、萌は奥の席を確認した。いつものソファ席に収まっていた静香が、

「早いね」と言いたげにほんの少し首を傾けた。

ぺこん、と会釈を返して、逃げるように控え室に向かう。

荷物を置くと必要なものを握りしめて、萌はホールに引き返した。

「し、静香くん……！」

着替えもせずに戻ってきた萌に驚いた様子で、静香がこちらを見上げる。

「えっと、あの……実はお願いがあって」

これ、と突き出した手のひらが不自然に震えていた。手の上に乗っているのは文字を書いて巻き直した紙テープだ。

「へえ」

興味深そうに静香が手の中を覗き込む。文庫はすでに閉じられていた。

「こ……ここに書いてある文章を読んでください……！」

とにかくなんとかしてしーちゃんを茶寮から引き離して。そう言って萌に役割を振ったのは祐輔である。

当日、会場準備をするほんのひと時、静香を茶寮の外へ誘い出すこと。それが萌に託された任務であった。

所要時間は正味十五分。きっと今頃住人たちは手に手に品物を持ってキッチン奥の勝手口でその時を待っている。

方法は何でもいいと言われてかえって悩んだ。

考えて考えて、そうして思いついたのがこの方法だ。

静香が萌の手から紙テープをつまみ上げる。慎重に仮止めのマスキングテープを剝《は》がして、顔の上にかざすようにテープを引き伸ばした。

次々伸ばされるテープの上には意味をなさない文字が羅列されている。

「暗号？」

静香の言葉にうんうん、と頷く。

ネットでたくさん調べてこれしかない、と引用したのが、

「スキュタレー暗号だ」

一発で見抜かれてひやりとする。こんな調子で十五分も外に留めておけるだろうか。

「萌が作ったの？」

更にドンピシャで言い当てられて、萌は口ごもった。とっさに取り繕うこともできず、沈黙が肯定となってしまう。

スキュタレー暗号とは特定の道具に巻きつけることで文章が浮かび上がってくる隠し文のことだ。古くから使われてきた有名な暗号で、共通のスキュタレー、つまり巻きつけ棒を持っていないと読むことができない。……はずなのだが。

「待って、待って、何してるの」

静香が一文字ずつ輪を作りながら文字を確かめていくのを見て、萌は思わずその手に飛びついた。

「何って、暗号解くんでしょ」

特に抵抗もせず、静香が萌を見る。

「スキュタレー暗号は特定の太さの棒がないと読めないことになっているけど、規則性が分かれば文章を割り出すことができるんだ。この暗号の場合、頭の文字が最初の一文字と決まっているから、そこから言葉になりそうな文字を見つけることができれば、棒の太さ

を特定することができる。後は適当に近い太さの棒に巻きつければ読めるんじゃないかなと思って」

　そうかもしれないけどそうじゃない。

　そしらぬ顔でキッチン台を拭いていた豊薫が、ふいに俯《うつむ》いて肩を震わせた。笑っている。

「ず……ズルはだめ！」

「ズル……」

　静香の体がちょっと傾く。

　静香の手ごと紙テープを握り締めて、萌は必死に言い募った。

「ちゃ、ちゃんと何に巻きつけるか考えて。……ください」

　このまま茶寮に居座られるわけにはいかない。

　半泣きで懇願すると、静香が眉を下げて少し笑った。

「分かった。考える」

　子どもの戯れに付き合ってもらうような情けなさがあるが、この際もう何でもいい。とにかく正攻法で取り組んでくれると知って、萌はようやく静香の手を離すことができた。

「そうだな。茶寮の中で妙な動きをしていたら俺が気づくから、店の中じゃない。萌が作って俺に読ませるための暗号なら、俺が移動可能な路地の中」

　サッシの向こうに目をやって、静香が陽光に両目を細めた。

「人の家に入らなきゃいけないものだと勝手が悪いし、かといって路地の目立つ場所ではやっぱり俺の目に留まる」

　言いながら静香がすっくと立ち上がる。

　そのまま店頭に向かう静香の背中を慌てて追いかけた。

「茶寮から死角になるとすれば植木の後ろ、長屋の雨樋《あまどい》……あとは」

　茶寮を出た静香が路地をうろうろと歩き回る。背後の茶寮では豊薫が音もなく窓のロールスクリーンを下ろしていた。

「あ」

　もしかして、と静香が走り寄ったのは古井戸だ。タイル張りの台に手押しポンプがついたもので、特に遮蔽物はなかった。

「これじゃない？　ここなら祐輔の家が戸を開けていれば死角になる」

　ご明察だ。

　この路地の中で祐輔の長屋だけが、引き戸を開き戸に変えていた。先住人の改造らしいが、この戸を直角に開けると狭い路地は三分の一ほどが塞がれてしまう。

　今回それを利用して静香の目を掻《か》い潜《くぐ》ったのだが、こんなに早く見抜かれてしまうとは。

「もう少し悩んでくれてもよかったのに……」

　本音をこぼすと、静香が珍しく声を立てて笑った。

「ごめん、ごめん。何が書いてあるのか気になって、つい本気になった」

　楽しんでもらえたなら嬉しいが、秒で解読されるのは複雑だ。

おかしそうに笑いを引きずりながら、静香が手押しポンプの本体、水口、ハンドルと紙テープの巻きつけを試していった。

「読めそう」

手押し用のハンドルを調べていた静香が嬉しそうに声をはずませる。

紙テープを留めていたマスキングテープで切り口を固定すると、器用にくるくると巻きつけた。

ハンドル部分は全長七十センチほどあるが、紙を巻きつけられて、且《か》つ三百六十度読みとれる場所となるとその幅は限られる。用意できた文章はごく短いものだった。

静香くんへ

静香くんに出会ってから、私の世界には好きなものが増えました。

日本茶を好きになったし、路地を好きになったし、京都を好きになりました。

路地に住む人も、豊薫さんも、静香くんも好きです。

それから少し、自分のことも好きになりました。

あの日、私に声をかけてくれてありがとう。感謝しています。

萌

「その……伝えられるうちに伝えておくのも大切なことかと思って……」

萌にとって、静香は恩人だ。

危機から救ってもらっただけではない。耳を傾け、否定せず、まるごと受け止めて安心できる場所を与えてくれた。

安心感は勇気となり、人間関係の中で怯《おび》えるばかりだった萌に親しみを教えた。

慶や祐輔、路地の住人たちと仲よくなれたのは、元を正せば静香のおかげである。

不慮の火事によって亡くなってしまった静香の両親。伝わらなくてもいいと隠し文に思いを残した洋多。生きている間に言って欲しかったと泣いた瑞江。

言いたいことはいつ、言えなくなるか分からない。

どんなメッセージを残そうかと考えた時、感謝の気持ちを伝えておこうと思ったのは、先日の一件があったからだ。

しかし文章を読み取ったはずの静香は、背中のままぴくりとも反応しなかった。

不安になって恐る恐る顔を覗き込むと、ハンドルを凝視していた静香の顔が真っ赤に染まっている。

「わ……忘れてください……」

なんだかものすごく恥ずかしいことをしてしまった気がして、萌は消え入るような声で懇願した。

頬を染めたまま、静香がはっきりと首を振る。

「嬉しかったから、忘れない」

そう言って、フードの端を引っ張ると、恥ずかしそうに顔を隠した。


「ロールスクリーンが下りている」

茶寮に戻ろうとしたところで、静香が目敏《めざと》く異変に気がついた。

目安だった十五分には少し早い。外側からは様子が分からないので、萌はハラハラしながら知らぬふりを装った。

警戒心剥き出しの猫のように静香が店の引き戸をそっと開ける。と、中から賑やかな声が飛んできた。

「お帰りー！」

出る時にはいなかった住人たちが勢揃いしていることに驚いたのか、静香が入り口でフリーズする。

萌はといえば、様変わりした茶寮の様子に同じく驚いて固まっていた。

見慣れた京町家の室内には色とりどりの風船が宙に浮いている。

テーブルには様々な手料理が並んでいるようで、美味しそうな匂いが店頭まで漂ってきていた。

「な……なにごと……？」

助けを求めるように、静香が兄の姿を探す。

にこにこと笑みを浮かべて、豊薫がこちらに近づいてきた。

「誕生日おめでとう、静香。今年はみんなでお祝いしようって、祐輔くんがお店を貸し切ってくれたんだよ」

はっとしたように静香が萌を振り返る。

「もしかして、萌も知ってたの?」

唐突に仕掛けられた暗号。少し前の住人たちの不審な行動。

全てがつながったようで、静香がそのまま絶句した。

「しーちゃん。こっちにおいなあて。見て、このでっかいケーキ! 椿さんと慶さんがつくってくれたんよ」

跳ねるようにしてやってきた祐輔が静香の腕を引く。

「お誕生日おめでとう、静香くん。ケーキ上手に焼けたからぎょうさん食べてな」

「このえらい量の料理はなあ、瑞江さんと橘花さんが作ってくれたんよ」

「リクエストは祐輔やけどな」

「久々に腕が鳴りましたわ。口に合うといいんやけど」

おめでとう、おめでとう、と口々に祝意を述べられて、静香がしばし呆然《ぼうぜん》とその場に立ち尽くす。

やがてふと泣き出しそうな顔をしたかと思うと、がば、とフードを被っていつもの席へ逃げていった。ソファの上に体育座りをして、そのまま顔を伏せてしまう。

なんとなく全員が静香を取り囲むように輪を縮めると、くぐもった声が聞こえてきた。

「……ありがとう。嬉しい。すごく嬉しい」

だけどちょっと待って、と言葉が続く。

恥ずかしいから、と。

豊薫が温かい眼差しで弟を見下ろした。

「慶さんが、今年漬けた果実シロップを持ってきてくれたんだ。ぶどうとレモンと姫りんごの三種類。サイダーで割ってくるからみんなで飲もう」

小さな子にするように軽く静香の頭を撫でて、豊薫がキッチンへと入っていく。

雪木《すすき》夫妻が目隠し用に下ろしていたロールスクリーンを上げに行き、祐輔と慶、それに瑞江が照れてしまった静香に寄り添うようにソファ席に着いた。

穏やかな雑談が繰り広げられ、緩やかに静香の立ち直りを待つ。

その全てが優しくて、萌は胸がぽかぽかと温かくなるような気がした。


おしゃべりに興じる住人たちの横で静香が真新しいアルバムを広げている。

みんなで相談して決めたプレゼントで、先ほど萌の手から渡したものだ。そこへ一枚一枚静香が写真を貼っていた。

お昼時には少し早い時間だったが、料理もケーキもあらかたみんなのお腹《なか》の中だ。

あんなにたくさんあったのに綺麗に食べ尽くしたのだから、すごい。

気持ちのいいほどよく食べる祐輔を筆頭に、男性陣の食欲が底なしだったこともあるだろう。男の人ってこんなに食べるんだ、と萌はただただ感心した。

満腹のお腹を抱えながら、ソファーの上で作業している静香の手元を眺める。

清水寺《きよみずでら》。祇園祭《ぎおんまつり》。そして今日の写真が几帳面に並べられていく。

料理や住人たち、静香の写真を撮ったのは萌だ。スマホカメラに収めるそばからフォトプリンターで現像して、アルバムと共にプレゼントした。

最後に残ったのは先ほど撮ったばかりの集合写真。祐輔が自撮り棒を使って撮ってくれたもので、萌を含め全員が写っている。

それを丁寧に貼り付けてから、静香がふと顔を上げた。

「一服しない？」

誰にともなく言った言葉に、豊薫が反応する。

「お茶にする？　何を淹れようか」

「そうじゃなくて」

何がそうじゃないのか語らぬまま、静香が席を立った。

「豊薫は座ってて」

「――え」

腰を浮かせかけた格好のまま、豊薫が固まる。

「お前が淹れるの？」

これ以上ないというほど驚いて、豊薫が目を見開いた。

無理もない。お茶は豊薫にねだるばかりで自分で淹れることはないと聞いたことがあるから、これは大変珍しいことなのだ。

視線だけで豊薫を制して、静香が何も言わずにキッチンに入っていく。

返事を省かれた豊薫が、呆然と席に腰を下ろした。

棚から茶袋を選んで、やかんを火にかける。豊薫のように客席でパフォーマンスを見せるつもりはないようで、静香は黙々と作業をこなしていった。

「もしかしてえらいレアな場面に出くわしてるんと違う？」

豊薫の様子から事の重大さを察した祐輔が首を伸ばして静香を眺めようとする。他の面々も興味深そうに静香を見守っていた。

湯が沸くと火を止めて、豊薫がするのと同じように器を温める。

茶葉を入れた宝瓶《ほうひん》に適温まで下げた湯を落とすと、静香が耳をすませるようにじっと中の茶葉を見つめた。

まるで物言わぬお茶と対話しているみたいだ。

自分の下手くそな話に耳を傾けてくれる時の顔に似ている気がして、萌はついありもしないことを考えた。

やがて静香が宝瓶を取り上げる。丁寧にお茶を注ぎ分けると、茶杯だけを盆に乗せてこちらに戻ってきた。

テーブルに盆を置いて、自分もそのままソファに座る。

サーブもしないし勧めもしない。勝手にどうぞ、と言わんばかりに静香がおもむろに盆の上から一つ、自分の分の茶杯を取った。

つられるようにして、それぞれが盆の上の茶杯を手に取る。

手元に引き寄せた湯呑みから、豊かな香気がふわりと立ち上った。

花のように甘い香りの中に混じる、スモーキーな香り。水色はペリドットによく似た透明感のあるグリーンだ。

宝石のように美しい色味のお茶にどきどきしながら、萌はそれを口に運んだ。

「うわ」

「うま」

同じタイミングで口々に声が上がる。

旨味、甘味、渋味が見事に調和したお茶だった。

ゆっくりと喉に通すと、残り香に何層かの異なる香りを感じた。

「美味しい……」

美味しい、としか言えない。他にどんな言葉を足しても蛇足になりそうだ。

他の面々も同じ気持ちらしく、唸ったり感動したりしながら、美味しい、美味しい、と繰り返した。

「うーん、美味しい……。やっぱり、美味しい」

何らかの表現を探った豊薫も、結局その一言に帰着する。

それでも、と萌は思う。あえていうなら、

「幸せの味がする」

静香がちょっと目を丸くしてから、嬉しそうに微笑んだ。

ああー分かる、と祐輔が同調し、言い得て妙やね、と慶が更に頷いた。

「なるほど……そういう言い方もあるんですね」

感心したように豊薫が呟く。静香が茶杯の中のお茶を見つめた。

「このお茶は《花むすび》っていう合組茶《ごうぐみちゃ》なんだ。合組茶は異なる農園の異なる品種をひとまとまりにしたお茶のことで……なんだか路地の中の人に似てると思って、淹れてみたくなったんだ」

言ってから、少し俯く。照れているのかもしれなかった。

つまり、感謝の一杯なのだ。

自分にできる最大のことで今日の謝意を伝えたかったのだろう。

住人たちも察した様子で照れ臭そうに、そしてどこか嬉しそうにお茶を口に運んでいた。

一つ一つは別物なのに、より合わさって一つのものになる。

境遇も年齢も違う他人同士がこんな風に深くつながるなんて、確かに合組茶に似ていると萌は思った。

そしてそれはどこか、家族にも似ている、と。

「……あれ？」

ふと何かが引っかかって、萌は懸命に頭の中を整理しようとした。

合組茶は路地の人間関係に似ている。別々のものが一つになるのは家族も同じ。

家族はブレンド。路地の中の人もブレンド。もしかして。

「静香くん」

思いの外硬くなった声に静香が気づく。

どうしたの、と怪訝そうにこちらを窺う夜色の瞳に、萌は固まりきらない考えをぶつけた。

「もしかして、静香くんにとってこの路地は、家と同じなんじゃないかな」

静香が黙って続きを待つ。

「えっと……ええとね」

頭の中で必死に思考を組み立てながら、萌は思いついたばかりの仮説を説明した。

「静香くんは、別々のものがより合わさって一つになる合組茶を路地の人たちに似ているって言ったでしょう。それって、家族にも似ているよね」

いつの間にか他の面々も手を止めてこちらを注視している。

気後れする心を奮い立たせて、萌は続けた。

「それで、もしかして静香くんは、この路地の人たちを家族と同じような存在だと感じているんじゃないかと思ったの」

静香の瞳がわずかに見開く。その向こうで豊薫も驚いたような顔をした。

この先に踏み込むのはとても勇気がいる。もしかしたら相手を傷つけるだけで、後悔するかもしれないからだ。――でも。

どうして、と震えていた静香の手のひらの冷たさを思い出して、萌は勇気を振り絞った。

「私、ずっと考えていたことがあって……。静香くんが路地から出られないのはどうしてだろうって。どうして路地門が怖いんだろうって」

確信に触れた途端、店内にぴり、と緊張感が走った。思わず怯《ひる》みそうになるほど張り詰めた空気だ。静香が応えた。

「分からない……。分からないよ。だから怖い」

そして堰《せき》を切ったように吐きだした。

「俺だって知りたい。どうしてこんなことになったのか。何がダメなのか。自分のことなのに何も分からなくて、分からないからうまく避けることもできない。路地の中にいればいいなら死ぬまでそうする。外に出たいなんて言わないよ。だけど路地の中にいたって、時々ああしておかしくなるんだ。俺はただ、誰にも心配かけずに……できれば迷惑かけずに生きていたいだけ」

静香、と豊薫が彼を呼ぶ。しかし静香は萌から目を離さなかった。

何に気づいたの。答えをちょうだい、と静香の眼差しが訴えている。

「私、静香くんはやっぱり、家を空けることを怖がっているんじゃないかと思う」

一呼吸入れて、萌は静香の視線を一生懸命受け止めた。

「静香くんが悲しい思いをする時は、いつも家から離れた時だったよね。酷いことが起こるのはいつも自分が家にいない時。その因果がいつの間にか逆転して、自分が家を空けると何か酷いこと……例えば家族を失うような不幸が訪れるんじゃないかって怖れるようになったんじゃないかな」

「でも……家からは出られる。路地門を越えられないだけだ」

「うん。私もそれが不思議だなって思ってた」

慣れない解説に喉が渇く。唇を舐《な》めて、萌は先を続けた。

「そこで最初の話に戻るんだけど、路地の人たちを家族のように思っている静香くんにとって、路地一帯は家、路地門は玄関だと感じているんじゃないかな」

庭つきの家や、神社の境内に似ているかもしれない。建物ではなく、敷地一帯がテリトリーの中なのだ。

「路地門までが家の中と考えれば、茶寮から出るのが怖くない理由にも説明がつくよね。そしてこの内と外は、路地の中の人が全員外に出てしまうと逆転するんじゃないかと思う」

「あっ」

閃《ひらめ》いた、とばかりに祐輔が声を上げた。

「そうか。しーちゃんにとって、『家の中』を構成するものは人間なんやな。それが全部外に出てしまうと、路地のこっち側がしーちゃんにとっての外になってしまうんや」

「そう。そうです」

うまく意図を汲《く》み取ってくれた祐輔にぶんぶんと頷く。

「静香くんにとって、失いたくない家族はこの路地の中に住む人たちなんだよ。だから家族を残して路地を出るのは怖いし、家族がみんな路地を出てしまうのも怖い。その証拠に、祇園祭の日、具合が悪くなったのは路地の中に誰もいない時間帯だったよね。祐輔さんや豊薫さんが戻って来たら落ち着いた」

祐輔も豊薫も静香が路地の中で苦しくなる時は「運悪く誰もいない時」と認識していた。それはおそらく「運悪く」ではなく、「決まって」誰もいない時だったのだ。

「きっと誰でもよかったわけじゃない。お節介でうるさくて面倒くさくて……ほんの少し寂しさをなくしてくれた、この路地の人たちだから家族のように感じたんだよ」

温かい人たちに触れて。かけがえがない存在だと思うようになって。そして、恐れた。失うことが怖くなった静香は、過去の経験から喪失につながる行為、外に出ることを自らに禁じたのではないだろうか。

状況証拠ばかりの思いつきだったが、萌にはそんな風に思えた。

じっと話を聞いていた静香が一つ、瞬きをする。ややあって、ようやくこぼした静香の声は、掠《かす》れてほとんど聞き取れなかった。

「……そうかもしれない」

泣き出しそうな顔で静香が再度、そうかもしれない、と繰り返す。

大きく深呼吸をして、静香が固唾《かたず》を飲んで見守っていた住人たちに視線を移した。

「俺、大事なものを失ったけど……大切なものが増えたんだ。なくなってしまったらって考えると、怖い」

だけど、と静香が萌に視線を戻す。

「でも、一番怖かったのは、自分がどうなってしまったのか分からないことだった。自分のことなのに何も分からなくて、それが辛かった」

そして黒曜石に似た瞳に、遠く路地門を映して言った。

「そうか……。俺が恐れているのは路地門じゃないのか……。失うことか。俺一人違う所にいる間に誰かが死んだらどうしようって……それが怖かったんだ」

ぽろりと一粒、静香の頬に涙が落ちる。

音を立てて立ち上がった椿が静香を背中からぎゅう、と抱きしめた。

「誰もいなくなったりなんかせえへんわ」

「そうや」

同じく近づいてきた慶がしゃがみこんで静香の腕に手を置いた。

「勝手に死んだりなんかせえへん。約束する」

「うべあああ」

途端にむせび泣く声が聞こえたかと思うと、祐輔が自分の席で立ち上がったまま泣いている。

「俺も約束する。しーちゃんの知らん間に死んだりなんかせえへん。ほんまにほんまや。せやからしーちゃん、外に出ても大丈夫やで。大丈夫なんや」

壊れたおもちゃのように、大丈夫、大丈夫と繰り返す祐輔の言葉に、静香の瞳から次々涙があふれて落ちた。

事態を見守っていた豊薫が、音もなく席を立つ。気づいた椿が身を引いた。

常に雄弁な豊薫が、言葉もなく静香を抱きしめる。

ちょっとびっくりしたような顔をしてから、静香がううと呻《うめ》いて豊薫の肩に顔を埋《うず》めた。

そのまま小さくしゃくりあげる静香を、豊薫はずっと抱きしめ続けていた。


紅葉も見頃となった、休日。

萌が路地にたどり着くと、そこにはもう住人たちが集まっていた。

「あー、来た来た！　萌ちゃんおはよう！」

「おはようございます」

手を振る祐輔に招かれて輪の中に入る。

和気藹々《あいあい》とした大人たちの中で、静香だけが緊張した面持ちで黙り込んでいた。

「おはよう、静香くん。……大丈夫？」

強張った表情のまま、それでも静香がうん、と頷く。


──路地のみんなで外に出てみるのはどうでしょう。


最初にそう提案したのは萌だった。

誰かを残して一人で外に出るのも、一人で中に残るのも怖いなら、全員で路地門を出てたらどうかと思ったのだ。

渋るかと思った静香は、意外にも「やってみたい」と意欲を見せた。

本質的な問題の解決にはならないかもしれないが、できることを増やしていきたいと考えたようだ。

静香がその気になると、祐輔が張り切って計画を立てた。

どこに行こか。あんまり遠くやと気ぃ張るしなあ。そうや、いい季節やし紅葉狩りでもしよか！　と、行き先を京都御苑《ぎょえん》に定めて、あれよあれよという間に予定を組んだ。

誕生日会の時といい、祐輔の行動力はすごい。

「ほな、行きましょかー」

軽い調子で祐輔がみんなに号令をかける。

近場ということもあるのだろうが、みんな近所のコンビニにでも行くような格好だ。リュックサックを背負っているのは橘花だけで、それだって大きな荷物ではない。誰も何も言わないけど、改まっておでかけという雰囲気を作らないよう、軽装を心がけたのだと分かる。

かくいう萌もショルダーバックを下げているだけで、特別なものは持っていなかった。祐輔を先頭に慶、瑞江、雪木夫妻が続き、萌と静香のすぐ後ろを豊薫が歩く。

路地門までの短い道のりを、静香は始終無言で進んだ。

ぴりぴりとした緊張感が空気を通して伝わって来るようだ。膨らんでいく不安が手にとるように分かって、萌は黙って静香の横を歩いた。

雑談を交わしながら、ごくごく自然に住人たちが路地門を越える。

同じように萌も路地門を抜けたが、隣にいた静香は足を止めてしまった。

まるで見えない境界線に阻まれるように、静香が地面を凝視して動かなくなる。少し離れた位置から住人たちが様子を窺っていた。

顔色は悪いが震えてはいない。呼吸も落ち着いていて、ただ表情だけが固かった。

どうしよう。どうしたらいいのだろう。

自分にできることはないか、と萌は必死に頭を巡らせた。

出会ってからのことを高速で思い返して、そして思いつく。

「静香くん」

とっさに差し出した左手を見て、静香がびっくりしたように目を丸くした。

思い出したのは、豊薫にくっついて眠っていた静香のことだ。それから、手をつないで欲しいと言われた、あの日のこと。

おそらく静香は、生きている人間の体温に触れていると安心するのだろう。そう思って手を差し伸べたのだが……。

ものすごく間違えたかもしれない。

よく考えたら幼児でもないのに手をつなごう、と促すなんて意味深だ。

違う。違う。他意はないんだ、と焦るものの、一度出してしまった手を引っ込めるタイミングが分からない。

後悔と恥ずかしさにいたたまれなくなっていると、じっと萌の手を見つめていた静香がおもむろに動いた。腕が上がって、萌の手をしっかり摑む。

手が、外に出た。

しかしそこから動けない。息を詰めるように二人揃って硬直していると、後ろに控えていた豊薫が静香の肩を抱いて路地門の外へと踏み出した。

あっという間のできごとだった。何が起こったのか分からなかった。

だけど確かに、静香の体は路地門の外に出たのだ。

「行きましょう。電車に乗るんですよね」

豊薫が祐輔に呼びかける。声が上ずっていたのは聞き間違いではなかったはずだ。

うん、と応じた祐輔が先頭に立って動き出す。

背中を向けたそれぞれの表情は見えなかったが、なんとも言えない高揚感が辺りに満ちているような気がした。

外に出た。外に出た。静香も外に出られるのだ。

肩を抱かれるようにして歩く静香が、つないだままの萌の手をぎゅう、と握る。見ると、声も立てずに涙ぐんでいた。

打ち震えるような喜びと感動の中、萌は力いっぱい静香の手を握り返した。


結論から言えば、紅葉狩りは失敗に終わったといえる。

数年ぶりに路地の外に出た静香は緊張のあまり人酔いをして、祇園四条駅に着く頃には歩くのもままならないほど疲弊してしまったのだ。

結局、最初のおでかけチャレンジは最寄り駅までということになった。

路地に戻ると、青い顔をした静香が申し訳なさそうにみんなに謝った。

「ごめんなさい」

次々と路地門をくぐって戻ってきた住人たちはしかし、お互いに顔を見合わせるとぷはーっと息を吐いた。

「いや、しーちゃん何言ってんの！　よかったなあ！」

ばんっ、ばんっ、と静香の背中を叩いて祐輔が満面の笑みを浮かべる。

そうやそうやと慶が頷いた。

「すごいわ静香くん、路地門出れたやん。私泣いてしまうかと思ったわ」

「私もやー。興奮して走り出したい気持ち抑えんのに必死やった」

「そら、走らんでよかったわ」

はしゃぐ椿に橘花がやんわりと突っ込む。横から瑞江も静香を励ました。

「ええやないの。若いんやから、なんぼでも挑戦する時間はあるわ。私らやっていくらでもつきおうたるしな」

小さな一歩を心から喜んでくれる住人たちを見て、静香がフードの端を引っ張って俯いた。白い肌が首まで真っ赤に染まっていたので、嬉しいのと照れくさいのとで顔を隠したのだろう。

豊薫は何も言わなかった。しかし常に大人でいようとするこの人が、感極まると言葉をなくすということを、萌はもう知っている。

「ほな、ここでピクニックしよか！」

ぱん、と両手を打ち合わせて祐輔が高らかに宣言した。

「え、ピクニック？」

目を丸くした静香同様、萌も驚いて祐輔を見上げる。

うんうん、と頷いて祐輔が言った。

「実はなぁ、せっかくやしみんなで昼食とれたらええなって雪木ベーカリーにサンドイッチこしらえてもろたんよ」

「試作も兼ねて色々作ったで」

強面をにこにこ崩して、橘花が背負っていたリュックをどっかり地面に置く。

すかさず祐輔が荷物の中から折りたたんだレジャーシートを取り出した。

「野菜もりもりサンドと、タンドリーチキンサンドと、まるごとたまごサンドと、きのことチーズのサンド。あと瑞江さんから分けてもろたお惣菜《そうざい》で作ったサンドイッチもあるわ」

小さめのリュックと思ったのは橘花の背中が広くてそう見えただけのようで、並べられたサンドイッチの量はかなりのものだった。

同じく瑞江がカバンからいそいそとフードパックを取り出す。

「実は私もなあ、行った先でなんやつまめるもんがあったらええなと思うて唐揚げと山菜の揚げたん作ったんよ。若い子は好きやろ、肉」

唐揚げ！　と祐輔が歓喜の声を上げる。

どんどん豪華になっていくレジャーシートの上を、萌と静香は呆気《あっけ》にとられながら眺めていた。

「せやったら私も。帰ってきた時おやつになるかな思て作っといたスイートポテトがあるし、持ってくるわ」

言うなり慶が自分の長屋に向かって行く。

「それじゃあ僕はお茶を淹れてきましょう」

そう言って茶寮に向かって行った豊薫の足取りも軽い。

なんだかんだとみんなものすごく今日の日を楽しみにしていたようだ。

萌と静香はどちらともなく顔を見合わせると、ふふ、と笑ってこのサプライズをありがたく受け止めた。

全員が揃ってわいわいとご馳走《ちそう》を囲む。

祐輔が乾杯の音頭をとって長々と喋る中、隣に座る静香が萌にこっそり耳打ちした。

「ありがとう。すごく楽しい」

それから、と更に唇を寄せて静香が照れ臭そうに言う。

「萌と会えて、俺も楽しいことが増えた」

いつかの暗号を踏まえた言葉だと気づいて、萌はなんだか胸がいっぱいになった。

長屋の屋根に切り取られた空が、青く青く澄んでいる。

風は冷たいし、色とりどりの紅葉もなかったけど、路地に広げられた思いやりはもっとずっと輝いて見えた。

エピローグ　the spirit of tea

底に向かっていびつにすぼまった白磁の湯呑《ゆの》みに、結び昆布と梅干しを入れる。緑色の水色が鮮やかな深蒸し煎茶を注ぐと、梅の形にお茶が広がっていった。湯呑みの内部に細工がしてあって、色のついた飲み物を入れると花の形に見えるのだ。

「わあ、可愛い」

昨年雇ったばかりのアルバイト、羊歯萌《しだもえ》が目を輝かせて湯呑みを覗《のぞ》き込むのを見て、豊《ゆた》薫《か》はちょっと微笑んだ。

茶寮は年末の最終週から休みを取っている。元旦の今日はちょうど休みの中日であった。かじかむ指先を吐く息で温めて、湯呑みを三つ盆に乗せる。

茶寮の二階、住居部にも簡易型のキッチンを作ったのはいいが、冬は板間が底冷えするのが難点だ。しんしんと冷え込む空気に身震いしながら、豊薫は萌を促してこたつの出ている居間に向かった。

「お茶が入ったよ」

声をかけてこたつの上に盆を置く。同時に萌が用意してあった赤い染め布のコースターを並べてくれた。こういうところがこの子の気のつくところだと豊薫は思う。

豊薫と萌が冷えた体をこたつに突っ込むと、ほとんど全身を潜り込ませていた静香《しずか》がもそもそと這《は》い出して来た。

「大福茶《だいふくちゃ》」

「うん」

眠そうな半眼で、静香が頷《うなず》く。

大福茶は古くから京都に伝わる縁起ものだ。疫病に効く薬として出された由来から、一年の無病息災と多幸を願って新年に飲むようになったという。

柔らかそうな猫っ毛をもさもさにした弟を見て、豊薫は笑った。

「お前今日、萌ちゃんと初詣行くんだろ。髪の毛ぼさぼさだぞ」

腕を伸ばして手櫛《てぐし》で梳《す》いてやると気持ちよさそうに目を閉じる。猫のようだ。

「なんか緊張して……なに着て行ったらいいんだろうとか、なに持って行ったらいいんだろうとか、一晩中考えてたら寝不足になった」

ぼんやりと言う静香に、萌が頬を染めて俯《うつむ》いた。

萌の今日のいでたちは淡いピンクのニットに紺のスカート。短めの髪は珍しく編み込まれていて、傍目《はため》にもおしゃれをしたことが分かる。同じ緊張に心当たりがあったようで、もじもじと恥ずかしそうにしていた。

大きな括《くく》りで引きこもりだった弟は、最近少し積極的だ。

今日はすぐ近くの八坂《やさか》神社まで初詣にチャレンジするらしい。

秋以降二度目の外出で、しかも今度は住人や豊薫を長屋に残しての試みだ。

年始で息子のところへ遊びに行った瑞江《みずえ》と、実家に戻っている祐輔《ゆうすけ》、毎年どこかに旅行に行く雪木《すすき》夫妻は不在だが、慶《けい》と豊薫は路地にいる。

正直どうなることかと思っているが、誘ったのは静香の方だというから、これも進歩だ。

眠そうな瞳をぱしぱしさせながら静香が両手で湯呑《ゆの》みを引き寄せた。

ごくっと飲み込んで、ふう、と息をつく。

「美味《おい》しい」

こぼれ出た感想に満足して豊薫は自分の分の大福茶に手をつけた。

口にしてみると、合組茶《ごうぐみちゃ》のバランスのよい味わいに昆布の旨味、梅干しの塩気がうまく絡んだ美味しいお茶に仕上がっている。

うまく淹《い》れられた。

それでもやはり、秋口に飲んだあの一杯の合組茶には敵《かな》わないな、と豊薫は思う。

「静香お前、どうして自分でお茶淹れないの？」

ふと口をついたのは、長いこと疑問に思っていたことだ。

え？　と首を傾《かし》げた静香に更に訊《き》く。

「いや、お前が淹れた方が美味しいのに、どうしていつもわざわざ俺に淹れさせたがるのかなと思ってね」

静香が、ああ、とばかりに両目を細める。

「そういえば、豊薫が最初に淹れてくれたお茶は酷《ひど》かった」

懐かしむように少し笑って、静香が再び大福茶をすする。

明確な答えをもらえなかった豊薫は、ふと静香の言う「最初に淹れたお茶」のことを思い出した。


両親と祖母を亡くして一通りのことが終わると、静香はすっかりおかしくなっていた。

取り返しのつかない不幸が訪れた時、人は「もし」と自分を責める。

もし、あの日自分が家にいれば。もし、家から出なければ。一言声をかければ。電話していれば。せめて最後に、何か意味のある会話を交わしていれば。

もし。もし。もし。

静香が繰り返したであろう、仮定と、後悔は、豊薫も同時に抱えたものだ。

豊薫がより早くその呪縛から逃れることができたのは、きっと長男で大人だったからだ。

真っ先に庇護《ひご》しなければならない対象が目の前にいて、処理しなければならない庶務が山のようにあると、人は狂えない。

葬式というものがあれほど面倒なのも、忙しく立ち回ることで悲しみに取り殺されることを防いでいるのではないかと思う。

兎《と》にも角にも、自分に与えられた役割を懸命にこなしていった豊薫は、気持ちの落とし所を作ることができた。

一方静香は、その間ひたすら自分の中に渦巻く喪失感に向き合い続けていたのだ。

気づいた時には始終青い顔で押し黙り、促されたことをぼんやりとこなすだけの弟になっていた。

日中はひたすらぼうっとして、話しかけてもまともな返事は返ってこない。夜は悪夢にうなされて、飛び起きては豊薫が生きていることを確かめる。

可哀想で、気の毒で、そして何より心配で。豊薫は他のどんなことより静香のそばにいることを優先した。

今思えば自分もまた、静香を失うかもしれないことを過度に恐れていたのだろう。

無理やり連れて行った病院では、一過性のものだと豊薫の方がなだめられたくらいだ。

ありったけの有給を突っ込んだ会社はそのまま戻らず辞めてしまった。

手狭な1LDKに静香と二人きり。互いの心臓が動いていることだけを確かめるような毎日だった。

そんなある日。暇を持て余した豊薫はふと、お茶を淹れてみようと思い立ったのだ。

生前、母がよく緑茶を淹れてくれたのを思い出して懐かしくなったのもある。もしかしたら静香が何か反応するかもしれないという期待もあった。

初めて自分で淹れたお茶は、葬式の返礼品だった。

葬儀屋が示したカタログから選んだもので、何も分からずに相場の値段だけで選んだ上煎茶だ。

母の姿を思い出しながら、おぼろげな記憶でお茶を淹れる。

大きすぎる急須にどっさり茶葉を入れ、熱湯を注いで、紅茶と同じように三分待った。

丁寧に丁寧に淹れたお茶は、しかしドブのように濃くて、渋くて、苦くて、酷い味がした。

母と同じように淹れたつもりなのに、母と同じ味にはならない。

お茶一つ再現することができないのかと改めて喪失感に打ちのめされていると、泥水のようなお茶に口をつけた静香が小さく呻《うめ》いたのだ。

「……酷い味だ」

そうしてはらはらと涙をこぼす。

両親が死んでからずいぶんと久しぶりに聞く、意味のある言葉だった。

その時の安堵にも似た感動を、自分は生涯忘れることはないと思う。

その日から、静香は豊薫にお茶をねだるようになった。

増えた会話が嬉《うれ》しくて、豊薫は毎日のようにお茶を淹れ続けた。

励ますように。包み込むように。少しでも静香の心を動かせればいいと願いながら。

美味しく淹れられるよう、勉強もした。

引っ越した路地で喫茶店を始めたのは静香に居場所を作るためだったが、日本茶専門店にしたのは豊薫自身がその奥深さに惹《ひ》かれたからだ。

「最初にあんなに不味《まず》い一杯を飲んでおいて、よく懲りもせずに何度も俺にお茶を淹れさせたね」

話を蒸し返すと両手で湯呑みを包んでいた静香が唇の端でほんの少し笑った。

「酷い味だったけど、美味しかったから」

謎かけのような答えである。

省かれた言葉が何なのか考えていると、静香がおもむろに立ち上がった。

「コート取ってくる」

ぽつんと言い置いて、静香が部屋を出ていく。

寝癖のついた後頭部を撫《な》でていたから、ついでに身嗜《みだしな》みも整えてくるつもりだろう。

少し時間がかかるかもしれないな、と思いながら、豊薫は隣で大福茶をすすっている萌に話題を向けた。

「お口に合いましたか」

「あっ、はい。美味しいです」

「それはよかった」

にっこり笑うと、つられたように萌もはにかむ。

そして少し視線を外してから微笑むように言った。

「静香くんが豊薫さんにお茶を淹れてほしがるのは、きっと豊薫さんのお茶が特別美味しいからですよ」

「え」

まさかその話に言及されるとは思わなかったので一瞬面食らう。

「いやいや。最初に淹れたお茶は本当に酷かったんですよ。それに美味しい、美味しくないで言うなら今だって、静香の淹れるお茶には敵いません」

そうなんですけど、と萌が口ごもる。

自分の中の考えをより正確に言語化しようとする萌は急《せ》かされるのが苦手だ。

静香がそうするように、豊薫もじっと萌を待ってみた。

「……私、前に静香くんにどうしたら美味しいお茶を淹れられるのか聞いてみたことがあって」

考え考え萌が説明を試みる。

「その日の湿度や気候、茶葉の状態とか、細かく変わる条件に対して勘のいい人なのかなと思ったんですが、静香くんは少し違うことを言っていました」

「違うこと？」

繰り返して尋ねると、はい、と萌が頷いた。

「美味しいお茶は、心で淹れるんだそうです」

「心」

「はい。相手のことを思って、大事に大事に淹れるんだそうです。込めた気持ちの分だけ相手の心を打つんだって、そう言ってました」

心を打つ。そういう考え方はしたことがなかった。

新鮮な気持ちで耳を傾けていると萌が続けた。

「誰かのためを思って淹れられた一杯は、何よりも心を満たすそうです。例えば泥のように渋いお茶を飲んでも、そこに込められた思いはちゃんと相手に届くんだって。目が覚めるほど苦くて酷いお茶が、涙が出るほど美味しかったことがあるって言ってました」

そうして豊薫を見上げて萌が言う。

「だから静香くんは、豊薫さんが自分のために大事に大事に淹れてくれるお茶が好きなんですよ」

締めくくった萌の顔を、豊薫はまともに見られなかった。

「そうか……そんな理由が……」

知らなかった。あの日淹れた一杯のお茶に、それから淹れ続けた何杯ものお茶に、込め続けた思いがちゃんと受け止められていたなんて。

予期せず熱いものがこみ上げてきて、豊薫は萌に背中を向けた。

震える心をため息でごまかす。再び振り返るまで、萌は何も言わなかった。


「では あの、行ってきます」

萌がぺこんと頭を下げる。

静香はちらりと視線を寄越しただけで、無言のまま外へ出て行った。

「いってらっしゃい」

笑顔で送り出すと、萌が再度頭を下げて静香の背中を追いかけた。路地の半ばで静香に追いついて、肩を並べて歩き出す。

特に会話がはずむ様子はなかったが、二人にとってはそのくらいの距離感がちょうどいいのだろう。

正直なところ、萌をアルバイトに誘った時は、ここまで静香を変える存在になるとは思ってもみなかった。

歳《とし》も近いし、珍しく静香が自分から手を差し伸べた相手でもあったので、仕事の合間にでも話し相手になってくれたらと期待はしたが、まさか路地を出られない原因を突き止め、静香を外に出してしまうなんて。

最初はなぜ静香がそんなにも彼女を気に留めるのか分からなかった。今では少し、その理由が分かるような気がしている。

歳の離れた末っ子だった静香は、常に受け取る側の人間だった。

守られて、世話されて。両親を失ってからは特に、周りが彼を助けてきた。

支えられることはあっても支える機会は極端に少ない。路地の住人たちが謎解きという静香の特技に気づかなかったのは、誰も彼に相談したことがなかったからだ。

そこへいくと、萌はずいぶん頼りない女の子だった。

過剰なほど感受性が強く、打たれ弱くて、些細《ささい》なことで考え込んだり不安がったりした。

人は自分より弱いもの……支えなければと思うものを目の前にすると強くなる。

きっと静香にとって萌は、目の届く範囲で唯一庇護しなければと思う相手だったのだ。

萌の前にいる時の静香は、ほんの少し頼もしい。

その頼もしさが静香の可能性を広げ、今に至るのだろうと豊薫は思っていた。

路地を行く二人を何となく見守っていると、次第に静香の足取りが鈍くなる。

萌も歩調を合わせているようで、路地門の前にたどり着く頃には二人の足は完全止まってしまった。

――やはり難しいか。

トラウマにしているものを克服するのは簡単ではない。

それでもチャレンジしようと意欲を見せたのだから、大きな進歩だ。

さて、どう励まそう。お茶でも淹れようか。それなら慶《けい》も誘うかな、などと考えていると、萌が動いた。

先に路地門をくぐって、それから静香を振り返る。

背後からでも、静香が彼女の動向に全神経を傾けているのが分かった。

萌が何か言って、静香に手のひらを差し出す。

『手をつなぐ?』

それは以前、路地門を超える時に萌が静香にかけた言葉だ。

静香にとって、生きている人間の体温は落ち着くらしい。悪夢にうなされては飛び起きていたあの頃に、豊薫が抱きかかえるようにして眠っていたせいもあるだろう。

そういえば夏に茶寮の中でパニックになった時は静香が萌の手を握っていたから、それ以降彼女もそのことに気づいたのかもしれなかった。

ややあって、静香がその手を摑《つか》んだ。

「がんばれ」

思わず小さく呟《つぶや》いて、豊薫は弟の背中を眼差しで押した。

がんばれ。がんばれ。お前が行きたい場所へ行くために。

祈るような気持ちでエールを送る。

静香の若い背中が、何かを決意したように大きく息を吸い込むのが見えた。

（了）

○参考文献

『日本茶の基本』枻出版社
『日本茶ソムリエ和多田喜の今日からお茶をおいしく楽しむ本』和多田 喜／二見書房
『TOKYO TEA JOUNAL』煎茶堂東京
『ティー&コーヒー大図鑑』辻料理専門学校監修／講談社　他

本作品は書き下ろしです。

二見サラ文庫

本作品に関するご意見、ご感想などは
〒101-8405
東京都千代田区神田三崎町2-18-11
二見書房 サラ文庫編集部 まで

祇園《ぎおん》ろおじ 香《かお》り茶寮《さりょう》の推理帖《すいりちょう》

2021年 4月 10日 初版発行

著者 風島《かざしま》ゆう

発行所 株式会社 二見書房
東京都千代田区神田三崎町2-18-11
電話 03(3515)2311［営業］
03(3515)2314［編集］
振替 00170-4-2639

印刷 株式会社 堀内印刷所
製本 株式会社 村上製本所

落丁・乱丁本はお取り替えいたします。
定価は、カバーに表示してあります。

ISBN978-4-576-21034-6
https://www.futami.co.jp/sala/